都市传奇 / 张欣经典长篇系列

张欣 著

依然是你

SPM 南方传媒　花城出版社
中国·广州

图书在版编目（CIP）数据

依然是你 / 张欣著. —— 广州：花城出版社，2024.4
（都市传奇：张欣经典长篇系列）
ISBN 978-7-5749-0116-2

Ⅰ. ①依… Ⅱ. ①张… Ⅲ. ①长篇小说－中国－当代 Ⅳ. ①I247.5

中国国家版本馆CIP数据核字(2023)第255939号

出 版 人：张 懿
责任编辑：周思仪 王子玮 邱奇豪
技术编辑：凌春梅
责任校对：梁秋华
封面设计：L&C Studio

书　　名	依然是你 YIRAN SHI NI
出版发行	花城出版社 （广州市环市东路水荫路11号）
经　　销	全国新华书店
印　　刷	深圳市福圣印刷有限公司 （深圳市龙华区龙华街道龙苑大道联华工业区）
开　　本	787毫米×1092毫米　32开
印　　张	5.25　1插页
字　　数	90,000字
版　　次	2024年4月第1版　2024年4月第1次印刷
定　　价	398.00元（全13部）

如发现印装质量问题，请直接与印刷厂联系调换。
购书热线：020－37604658　37602954
花城出版社网站：http://www.fcph.com.cn

无法言说的伤痛，需要匹配的心灵。难逃厄运的结局，也需要温暖的抚慰。

一

他是偶然干上这一行的。

那天他在一家四星级的酒店顺点值钱的东西，顺这个字比较好，不像偷那么直白露骨让人有罪恶感，顺手牵羊，就好像谁都会这么干似的，所以连自责都免了，干什么事都得心态好，事做得就漂亮。

这个国家的特点就是大，会议那么多，开始他也只是当个会虫混混吃喝，后来发展到顺点东西拿出去卖，这是一个好营生，神不知鬼不觉，而会议上的人大都互不相识，大呼小叫地说丢了东西你什么意思嘛，难道是与会者偷的不成？如果是钱包当然是在街上就丢了，回了酒店才发现，数码相机一类便是忘在出租车上了，总之没有人怀疑会在宾馆里的会议上丢东西。

那天他顺到一台手提电脑，电脑是开启状态，人却不知所终，在片刻的犹豫之后，他拔掉了电源，夹起电脑离开时像捂着一块热烘烘的烤白薯。出得门来却听到一个声音说同志你找谁？他装作没听见继续往前走，但从脚步声可以听出来那人没有算了的意思，这是一个有年纪的女人的声音，老女人都爱管闲事，以表示自己不像旧家具那般无用，她几乎是追着他说喂，同志，我是在问你呢？他知道他绝不能跑，而且这时他已经快到电梯了，恰巧一个赶电梯的女白领由于急中出错散落了一地文件，于是他极自然地把手中的电脑放在地上，帮忙那个女人捡拾一张张挺括的文件纸，女人连声道谢，他莞尔道，实在是你的样子太吸引我了。女人开心地笑起来，算得上明眸皓齿，但也没有他说得那么美。

老女人以为他们是熟人，自然转身离去。

他顺利地回到家中，他的家离宾馆不远，或者说他家就在这座城市的繁华地段，守着一个五星两个四星级酒店，更绝的是他租住的公寓楼就叫淘宝大厦。本来这种地方他是租不起的，不是房间有多大，用品是否齐全的问题，而是这个地段就是坚挺的租金保证。

但是他却没花多少钱便住进五楼的一套七十平方米的两房一厅里，原因很简单，房东的儿子有精神病，动不动就操菜刀，十八九岁长得高大老相，一脸沧桑像个老船长，发作起来很是吓人，所以没人敢租她家的房子。于是这个便宜就让他捡了，他的胆儿大，根本不惧怕这些。

他的房间一打开门便是一条狭长的走廊，不容置放任何东西，得走一会儿才可见到客厅和两间房。房间收拾得还算干净，不过严格地说这儿像一个放置会议发放用品的仓库，桌上有七八个手机，地上堆着没拆封的羊毛被、毯子之类，为数最多的是黑色的公文包，皮质都还不错，但式样老土，他还得用特殊的药水把上面烫金的某某会议留念的字迹擦掉，集中一批才可销赃。总之会议虽多，可人们的思路却极其有限，好像开会就只能发这些东西似的。桌上当然还有几个数码相机，椅背上搭着英国经典格力的长围巾等,这些则都是客人的私人用品,让独具慧眼的他顺回了家。

他把崭新的东芝笔记本电脑放在他的台式电脑旁边,台式的杂牌电脑是他自己买的,不要以为会顺东西就能生活,这是两码事。真正的生活必需品还得自己买,维持现代都市的高消费生活开支是巨大的。

他倒在沙发上简单眯瞪了一会儿,醒来,夜幕不知何时已经降临,华灯初上的当口,窗外是深蓝色的,白天的喧嚣渐渐隐去,重新显现的是难以确定和琢磨的繁华与迷乱。《我的夜晚比你的白天更美》,他喜欢这个电影的名字。

本来他可以去吃一顿,或者泡泡吧,随便干点什么,总之不应该再到他作案的那个酒店现身,常理也是犯忌的事。但他知道今晚在那里不光有个会议结束,还有一个会议开张,结束的是财务软件开发推广会议,开张的是红酒品尝会议,他想如果能顺一些红酒回来,哪怕是一九九二年的长城干红,每瓶也值二百三十元。何况他今天的手气不错,趁热打铁总不犯忌吧。

于是他换掉白天的衣服,穿了一身名牌走出了房间。

其中的一件黑大衣长至脚踝。

又来到那个四星级酒店,他先到大堂的酒吧里坐了下来,那个位置正对着二楼楼梯口的国际会议厅,里面不仅张灯结彩而且人声鼎沸,欢呼声与掌声一浪高过浪。他必须等会议结束之后,人们把礼品拿回房间后重新外出夜生活时，再经过那一层客房也不迟。

他要了一杯金汤力酒慢慢品着。

酒店大堂的水晶灯光芒四射，相比之下地吧的灯光显得恰到好处的黯淡，让人感到安全和隔岸观火的释然。

这时，有一个女人来到了他的桌前，她冲他笑了笑，优雅地说可以吗？他做了一个当然的表情。那个女人坐下之后便道不认识了？他这才反应过来她是白天掉了一地文件的女人，于是有一点莫名的慌张。那个女人也换了一身衣服，丝质的素花衬衫配了一件薄薄的皮衣。她手上也拿着一杯金汤力酒，她说我早就看见你了，就想看你点什么酒，如果一样就过来跟你聊聊，如果不一样也就作罢。

他看了看手中的酒杯，淡然道，这酒很一般啊。她说，就是一般才难碰上，现在谁还喝这么老土的杜松子酒兑汤力水。他说你在这儿等人吗？她回说等的人已来过，刚办完事，但明天还得接着在这儿办，所以就不回去了，虽然很累但总不能这么早就睡吧？

你呢？你也是在这儿等人吗？她说。

不。他起身准备离去，内心里很为又碰上这个女人而感到懊丧，因为平白无故要编很多瞎话应付她，而且她又不是什么美女。

再坐会儿吧，她央求他道，咱们一天碰上两次这就是缘分。而且我不是什么坏人，我从国外回来还不到一年，一切都很不适应，甚至患上了夜晚落寞症，真的有这种病，你听过反社会型人格障碍症吗？我无非是想跟你随便聊聊。

他才不想听她这些废话，但当他再次回头，却发现两个穿制服的警察出现在大堂，在与总台简单接洽后，其中一个警员跟着大堂副理进了电梯间，另一个便在大堂留守。

看来犯忌的事还是少干。

那就到你房间去聊聊吧。他果断地做出了这个决定。

优雅的皮衣女人一时愣住了，半晌才说，好啊……直到起身时仍有些迟疑。

他们一同向电梯间走去，其间，他温存地笑道，你真的相信缘分吗？她说，当然，而且我还相信一见钟情。他做出开怀大笑的样子，内心警惕着大堂的警员是否会注意他，或是更注意匆匆离去的客人随时上前盘问。他想她肯定不是搞推销的，这么傻怎么卖出东西？那她是干什么的？从国外回来的人能干什么？尽是些莫名其妙的自大狂，你简直想象不出他们的优越感从何而来。这个人也一样，谦和不等于不自大、不优越，你有夜晚落寞症跟我有什么关系？！

这个夜晚就不用再说下去了，总之该发生的一切都已发生，不该发生的也都发生了。

总之，当他一觉醒来的时候，发现自己独自一人睡在席梦思双人床上，阳光自厚重的米色窗帘布的缝隙间射在他的脸上。这是一间套房，客厅和睡房是分开的，床铺尤其舒适，松软的被褥和枕头，人像埋进了棉花垛里。他依稀记得昨晚发生的事，那个女人在床上挺疯狂的，与她优雅的外表大相径庭。所以事后他很快进入梦乡。

太阳重新升起，那个女人便朝露般地消失了，衣柜的门还开着，里面空空如也，只有几个木衣架吊在原位；卫生间里随意丢着用过的浴巾，但几乎连一点香水、脂粉的气息都没有；晨报散乱地丢在茶几上，半杯绿茶还有一点点余温。他突然下意识地扑向自己的长大衣，还好，钱包里可怜的几张大钱和一堆零碎还在。

他重新回到床上，几乎想不出来昨晚那个女人的长相。她跟他不是道中人，那么，这个城市还有多少企盼着一夜情瞬间发生的饥渴状态的女性呢？

这类问题还是让所谓的社会学家、人类学家去研究吧，反正他也没吃亏。他在床上回了回神，想起他的初夜是在他叔叔楼上的邻居家，那是一个粗壮的麻脸女人，当过制造业的厂长，说话声音响亮，为人也颇豪爽，有一个暧昧的下午，她叫他去她家帮忙，凳子摞椅子地到高柜上取东西，后来凳子椅子一起摇晃起来，他便摔下来倒在了她的怀中，现在想起来肯定是麻脸女人自己在下面撼动了椅子，否则他怎么可能好好的，就掉下来倒到她的怀里去了呢？

他不为人察地笑了一下，然后若无其事地起床，穿好衣服之后，他唰地一下把窗帘打开，房间也唰地一下亮了。

床头柜上的一沓钱让他简直不相信自己的眼睛,他冲上前去数了数,足有三千块之多。除了钱之外,她没有留下便条之类的东西。显然,她当他是鸭了,这个打击几乎让他崩溃,他想象不出他哪点像干这个的?

他以慷慨赴死的步履走进卫生间,在镜子前面左照右照,除了有一点点苍白和冷漠,应该说他还算英武、周正。他的眼梢微微上翘,有点眼生桃花的意思,麻脸女人也曾说过他会有一世的艳福。可他从没想过会干这个,无论如何每个少年的梦想都是做顶天立地的英雄,哪怕是当江洋大盗或者杀人放火走黑道,也不能靠睡觉挣钱吧。每每他的梦中自己都是一个佩剑少年,救赎美女而厌烦儿女情长,离去时总是头都不回。

所以这三千块对他来说无比地烫手,他还从来没有对钱这么嫌弃过。这简直是对他的侮辱,他想起那个女人的眼神,难道他就没有察觉睥睨之色吗?他们俩到底谁更傻?

这是一个原则问题。即便他的境况是见不得光的,那也不妨碍他有自尊心。他决定为自己正名,此后的一周,他几乎每天都在这家酒店转悠,他决定暂时不再顺东西,一心不能二用,他要碰上那个皮衣女人,把钱还给她,并且告诉她自己血淋淋的身世,保证让她花容失色,然后他头都不回地离去。

半个月过去了,他再也没有碰见那个女人。也许他们的缘分就是两面，在同一天内已经用完。

而三千块钱很快就花完了，当它们所剩无几时却在他身上产生了微妙的化学反应，钱上没有印着字标明他是吃软饭的，花起来同样爽手，和他销赃得来的钱毫无区别，反而不用担惊受怕还被收货的人把价格压得很低。

半年之后，他在某小报的中缝里看到一则广告，说是某公司招募特种服务的年轻男性，但要在一个规定的账号上存九百元的诚信费，便可以接到电话派活儿，所得报酬十分优厚。他不仅以独特的敏感嗅出了其中的气味，还并未迟疑竟然神使鬼差地汇去了九百元钱。这当然是一个骗局，后来报纸上公布受骗的人有七八十人之多，但无一人报案，还是这一团伙在其他诈骗活动中落网后自己交代出来的。

此后的他，非但没有彻底打消这个念头，反而有一种隐隐地被吊住胃口的烦恼。终于有一天，他不再去宾馆偷盗，他的身影出没在桃色、银馆、烟敦街十号这一类灯光和名字一样诡异的夜店，通常是在凌晨一两点钟，总会有一些生意可以成交。他曾经一晚上就挣了一万块，而金钱很快就摧毁了他的意志。

二

她非常非常的瘦。

所以她总是把家里搞得亮堂堂的，不是随手关灯而是所到之处必留下一片灯光，她可不想看到自己幽灵一般地游走。

因为家里只有她一个人。

她叫管静竹,三十六岁,杭州人,生得虽不艳丽但也眉清目秀。在一家大公司的资金部当主管,略有一点不苟言笑,但总的来说还是礼貌得体的。她的生活循规蹈矩、乏善可陈,香水、丝巾、手提袋永远沿用自己熟悉的品牌。甚至中午公司的商务套餐,除了时令的蔬菜有所变换之外,均是两排叉烧一个咸鸭蛋。

本来她有一个幸福的家庭,她与丈夫端木林是最传统的相亲方式结识的,端木林也是某公司的文员,戴一副白边眼镜,平头,看上去斯文、整洁。两个人见面之后都对对方表示满意,也愿意往下处一处。随后端木林便主动约会管静竹,两个人也看电影、看画展、听音乐会什么的,处了一年零八个月,便去照婚纱照,就是那种大平光又傻又幸福的所谓艺术照,两张白屁股脸给抹得像无锡大阿福。后来选了一个好日子结婚,一样是摆多少多少围,心中暗算着能收多少礼金,总之直到新婚之夜也还是如假包换的处男处女。

结婚以后,他们也是互敬互爱没红过脸。端木林上班的地方离家较近便负责买菜,洗好后放着,管静竹回来炒菜外加饭后洗碗。端木林擅长做法式红酒鸡,管静竹擅长做五杯排骨,所以假如有人到家里做客,这两个菜是一定要献丑的。

有一天,管静竹过生日,端木林便当店小二忙前忙后地招待管静竹过去的闺中密友,密友们都说,就是定做的新好男人也不过端木林这样款式的吧,把他送到机器人公司当模板,宣传出去不知有多少人订货呢。

一年多眨眼间过去了,他们有了一个大胖小子,取名叫端木歪歪。

歪歪生得白白胖胖,虎头虎脑,真正是人见人爱,抱到街上生人都忍不住要捏捏他的脸蛋。

厄运的降临是没有先兆的。歪歪两岁的时候还不会说话,也不懂父母对他说什么。到医院经过检查,医生给他诊断是先天性哑傻综合征。管静竹和端木林根本没有办法接受这个结论,他们带着孩子去北京,去上海,结果完全一样,而且无药可医。

夫妻两人彼此默默无言以泪洗面地挨过一段时间,终于在某一天,端木林下班之后没有回家,接下来的两三天音信全无,公司说他不辞而别,做了一半的文件还在他的办公台上,手机开始是关机后来是空号。找到他父母家,他父母得知儿子失踪可以说是大惊失色,他母亲瘫坐在沙发上两眼发直,他父亲则几乎问了十万个为什么,在一无所获的情况下,也只好报警。

很快,警员来到家中,大致了解了情况,并将所有情况做了笔录,管静竹签名之后,他们便匆匆离去。

这一晚,管静竹坐在床前望着熟睡的歪歪,发呆发到深夜。她不知道自己今后一个人怎么生活?怎么面对这个家庭的灭顶之灾?

她第一次感到分外的无助,感到这个人间烟火腾腾燃烧的世界其实只是一座孤岛,孤岛上只有她和歪歪,而歪歪今生今世都不会跟她交流,都不会知道她对他的痛惜,她所有的付出就是付出,不会有任何回报。

同时,她又担心端木林的生死和下落,被人绑架的可能性不大,会不会是轻生呢?因为一时冲动走上绝路的行为虽不多见却也是有的,可是端木尽管算不上最坚强的那一个,但他毕竟是男人啊,留下他们孤儿寡母的会有多难?他不会这么不替她着想吧?以往她稍稍多吃了一点他都会说当心胆固醇当心发胖,现在天都塌下来了他怎会一死了之?再说就是死也得见到尸体,也得让她大哭一场吧。

一开始,管静竹与端木家还保持着热线联系,他的母亲不是大放悲声便是长吁短叹,但是渐渐地,大伙也只有面对现实。

管静竹愁肠百结。

小保姆叫葵花,这时的葵花对管静竹说,阿姨你放心,我不会走的。

现在想起来葵花真是有先见之明,似乎她那时候就知道端木叔叔选择了逃避现实这条路,对残酷的现实端木林不能也不愿意面对。

这件事在三年后得到了证实,那是春节的前夕,管静竹例牌打电话去问候她的公公婆婆,以往打电话过去他们都是唏嘘不止,叫她一定要注意身体,想不到端木林这个死鬼这么指望不上，抛下你们孤儿寡母的可怎么活啊？他们对她的关心都只停留在口头上，这一点管静竹心里也很清楚，可是事到如今，说这些又有什么用？但凡出钱出力的事若是当事人不情愿，人是没有一点办法的，何况管静竹是一个那么要脸的人。所以她也只是报报平安，叫他们多多保重，如此而已。

然而这一次拨通电话，她听见婆婆喂了一声，接着居然意外地听到一个极其熟悉的声音，这声音千真万确是端木林的，他在离电话不远处说，妈，小唐给您买的营养品放在桌上了别忘了吃。但他的声音是戛然而止的，大概是他母亲用手势制止了他。而管静竹像雷打了一样言语不得，接着她毫无理由地啪的一声挂断了电话，仿佛撞见鬼了一样。

她全身冰凉，两手在胸前交握却又止不住地颤抖。

葵花进屋灌开水，见她这个样子，便道，阿姨，你怎么了？

管静竹的眼光，便是对整个世界的陌生，她怔怔地望着葵花，说道，葵花，你怎么知道端木是离家出走呢？

葵花的表情，竟是数学大师对待小学生那样，她平静道，好好的一个人突然不见了，那不就是走了吗？

这个晚上，静竹一夜未眠。歪歪五岁了，端木林出走后的这三年，她都说不清自己是怎么过来的，除了上班挣钱养家之外，她已经不记得她有片刻的休息，每天跟葵花忙到天黑。更重要的是她的精神世界已经枯萎，她早已不化妆，一支口红闯天下，她也没有添置过新衣，因为没有心情，这三年里她没有进过电影院、音乐厅，公司里的女孩子们议论的裴勇俊她以为是韩国总统。

现在想起来，端木家的电话是突然减少的，以前的那些礼节性电话基本上都是她打过去，而他们似乎也不再焦心如火，反过来还安慰她，可她一点感觉都没有，根本没想过这件事后面还会有什么隐情。

直到天快亮的时候，她才想到一个着点边际的问题：小唐是谁？端木林嘴里说出的小唐到底是什么人？

一夜未睡的管静竹脸是青灰色的，她打电话到办公室请了假。

她来到省体院的体操馆找到自己的好朋友曹虹，上帝保佑她还有个侠肝义胆的朋友，总不能什么事都找爸妈，自打知道歪歪的病症之后，她父母可以说是一夜苍老的，尽管他们什么也没说，还在经济上帮助她。可是她知道他们的晚年生活已经没有真正的快乐可言，她真不希望再用任何事情去刺激他们。

曹虹是女子体操队的教练，她原来也是干这行的，所以身材健美，英气勃勃。管静竹见到她时，她正在平衡木旁训练小运动员。

管静竹一见到曹虹就抱住她哭了，而且是放声大哭，把曹虹也吓了一跳。曹虹对一个比一个精灵的小运动员吼道，看什么看？！不用训练了吗？！小女孩们一哄而散。曹虹把管静竹带到休息室去，给她倒了杯热水。听完静竹的遭遇，曹虹的杏眼瞪得滴溜圆，破口骂道，天底下竟有这样的事？这还有王法吗？你告诉我端木这个王八蛋现在在哪儿，我叫我老公去扁他。

曹虹的老公是举重运动员出身，随便一出手估计人就废了。她操起手机就拨号，静竹忙制止她说，我不是这个意思。曹虹急道，别跟我说就这么算了，你这个人就是窝囊，要不然他们家敢这么合起伙来欺侮你？我要不替你出头，算你白认识我了。曹虹气得，把手指关节按得咔咔响，恨不得即刻冲出门去报仇雪恨。

管静竹说我就想让你帮我出头跟他了结了这件事，我是不想再见到他了。

曹虹冷冷回道，怎么了结？

管静竹叹道，还能怎么了结？不就是离婚呗。

曹虹气道，那不便宜他了？就不离，拖死他！

管静竹闷着头不作声。

曹虹接着说道，你就不能想点解气的办法吗？我说过了我替你出头，我非把他搞得身败名裂，我还要把这事报给媒体，让全社会的道德法庭审判他！曹虹喋喋不休地念叨，要离也行，拿钱来，精神损失，孩子的用度，一百万少不少一点？……反正你不能随便离婚，你给我扛住，其他的事我来办……

这时的管静竹突然嚎叫了一声，那声音尖利、啼血，如同野兽发出的哀鸣。待曹虹抬起头时，只见管静竹面目狰狞，五官变形地冲着她喊道：我有什么办法?！我不离婚还能有什么办法?!我遇到这种人就是中了六合彩,我能怎么样?我能去咬他吗?我就是要离婚,我永远也不想再见到他!!

从小玩到大,曹虹还是第一次看见管静竹失控,她在她的印象中是捡到金子不笑、家里着火不惊的那种人。

足有三秒钟的沉寂,曹虹心想还是管静竹狠,她上前抱住她,哄孩子一样地拍着她的后背,好好好,我们离婚,我们无条件离婚。

随后,曹虹派她体操队的小女孩日夜在端木林父母家的门外守候,终于摸清了端木林换了一家公司工作,那个叫小唐的人是一个医院的护士,端木林在跟她同居,他们已经有了一个女儿,取名叫端木倚云,小美人聪明伶俐,一岁多已经什么话都会说了。

在律师楼签离婚协议时,端木林不是不内疚的,也许他没想到管静竹会这样放过他,这让他感到自己的过分,人其实都是有自省能力的。他问面色铁青的曹虹,静竹她最近……还好吗……曹虹不说话,她也不知自己当时怎么想的,手边的一杯矿泉水,哗的一下泼了过去。她拿起协议书就走,听见律师在她身后安慰端木林,女人都是这样的,女人就是不理性……

曹虹把离婚协议书给管静竹送去,只说了一句我早晚有一天被你活活气死。之后便头也不回地走了。

然而,离婚之后的管静竹并没有丝毫解脱之后的轻松,相反她就是从那时开始急剧消瘦的。一年很快就过去了，歪歪已经六岁，还是只知道吃和拉外加流口水，他吃起东西来你不让他停止他便可以一直吃下去，医生说有病人便是吃到胃出血而死亡的，他拉起来也是随时随地不受自己控制，换句话说是他也不知道什么是控制，有时候你刚给他换完裤子他就又拉了，让人拿他没办法。

葵花是广西人，她家里给她订了亲，可是她把婚期一拖再拖，因为她知道自己是管静竹的精神支柱，城里人是最不经事的。

其实管静竹心里也很明白，她应该立刻放葵花回家结婚。你生了傻儿子，凭什么别人跟着你一块受罪？可是她又是真的害怕葵花离去，那她的世界和歪歪的世界就真的没有区别了，甚至她比歪歪还要痛苦，因为她清醒。

曹虹给管静竹出了一个主意，曹虹说，现在歪歪已经是一个客观存在，而你，管静竹，你还有你的生活，总不能两个人捆在一块死吧。管静竹说，曹虹你到底想说什么？曹虹咬咬牙说，我就当这一回恶人吧，我想叫你把歪歪放到乡下去。静竹不解道，可我在乡下并没有亲戚啊。曹虹说我当然知道你在乡下没有亲戚，可你们家不是有一个向日葵吗？管静竹说你总是说向日葵，是葵花。曹虹说对，是葵花，我的意思就是叫葵花带着歪歪回乡下啊，你想，你每个月给葵花寄钱，那她全家人都不用做了，他们一定觉得挺划算。

曹虹又说，这样也可以不耽误葵花结婚，而她又是个好人，你碰上端木林是中彩票，难道碰上葵花不是中彩票吗？只有她这样的人你才能把歪歪托付出去是不是？换个人你想都不敢想是不是？也不放心是不是？

曹虹还说，歪歪再好，也有端木林的一半血统，你看他那个样子，还用做DNA吗？简直像一个月饼模子里扣出来的两个五仁月饼，当初你要是听我的跟端木林打官司，非让他赔得倾家荡产不可。现在不扯那么远了，可你也犯不着那么死心眼，你懂我的意思吗？管静竹茫然地看着曹虹，曹虹恨不得踢她一脚，还不明白？你为端木林这样的人吃苦受累，不值。管静竹嘴上没说心中却道，可是歪歪毕竟是我儿子啊，你没孩子，所以你所有的想法都是理论上的。

可是人又怎么可能那么理性地生活呢？

她想，她无论如何也不会这么做。

回到家中的管静竹，关起卧室的房门一根接一根地抽了两包烟，她想了三天三夜，没想出任何好办法，而曹虹给她出的主意是唯一能根本解决问题的。

当她再次看到歪歪时不觉泪如泉涌，她知道自己心中已经有了决定。

听到这一决定的葵花倒也并不惊奇，她像老人家那样叹了口气道，看来也只能这样了。她说其实我带歪歪也带出感情来了，冷不丁地走心里也不是滋味。听到她这么慈悲为怀的一番话，管静竹只觉得双膝发软，就差没扑通一声跪倒，洒泪托孤了。曹虹说得没错，她碰上葵花真是她天大的福气。

歪歪和葵花走的那一天，照例是曹虹把他们送到火车站。是曹虹不让管静竹去的，她说你会受不了，到时候你歇斯底里大发作，又要把歪歪抱回来，人家以为我们在拍戏呢。他们走后，管静竹在空荡荡的房子里转来转去，心里也像被掏空了一样难以自制。

她坚信她已经疯了，如果她正常，她不但应该去火车站，更应该补一张车票把歪歪和葵花一直送到目的地，看一看生活环境，向葵花的家人交代几句……

她不能再想下去了，慌慌张张地赶到车站。火车已经远去，空荡荡的站台上只有曹虹还在尽职尽责地冲着远方挥手。当她看到管静竹时，真有点哭笑不得——管静竹脚上的两只皮鞋不仅不一样，而且一只黑色一只啡色。曹虹再一次抱住管静竹，在她耳边轻轻地说道，静竹，这是天意……你不仅现在不能去，今后永远都不要去……还记得我们小时候听鬼的故事吗？最后逃命的人总会听到一句咒语，千万不要回头，否则会没命的……好了静竹，我们回家，时间会洗刷一切的……生活在继续……

她深知她是对的，并且尽到了朋友的心，她能有曹虹这样的朋友也是中六合彩啊，一般的人谁管你这些破事？她所在的公司的同事，一直都以为她过得很安稳很幸福，甚至还很羡慕她，压根不知道她有一个负心的老公和一个哑傻的儿子。她像钟摆一样扮演着双重的角色，这种平衡也来自曹虹的友谊，什么叫大恩不言谢？

可是她依然泪流满面。

一时间，她变成了孤魂野鬼，出出进进都是一个人，却已经完全不适应安逸舒适、了无牵挂的日子了。

三

屋里落了薄薄的一层灰，灯光还是那么幽暗，他醒过神来，到家了。

这回他花了两周的时间陪一个客人去马尔代夫群岛旅游，十多天换了七八家超豪华酒店。当时并没有什么特殊的感觉，冷不丁回到家中，才意识到旅途中的奢华与梦幻。

在选择客人方面他是很谨慎的，他不知道别人都是怎么做的，反正他不能落到要报复全人类男人的女魔头手里，那他就死定了，熬干了也拿不到听起来还算诱惑人的报酬。这一次他的客人是个四十多岁的寂寞女人，先生冷落她多年了，她郁闷得不能自制便到外面去散散心。如果说她有什么怪癖的话便是她手不离电话，她一共有三个手机，来回不停地打，总是低声地诉说，有时也一会儿哭一会儿笑的，这便构成她生活的全部。

后来她给他买了一个八千多块钱的新手机，当然是在报酬之外的。

只是他们从来不交流，也没有什么可交流的。他不过是她新买的一只路易威登的手袋，用过几次之后是一定会厌烦的。

房东的儿子叫王植树，据说是植树节那天生的。现在王植树又再扯着嗓子喊"如果是这样，你不要悲哀"，这首《血染的风采》里他只会唱这一句，所以他就来回地唱这一句，无论他怎么声嘶力竭都没有人制止他。他妈妈收租婆明姨自然习以为常，但是邻里街坊为何会如此宽容，还真让人有点想不通呢。

他本来是可以换个住处的，但他觉得这儿是他的福地，让他赚到钱，包括植树都有可能是旺他的，所以他不想搬。

他在毫无办法的情况下欣赏着王植树的歌声，他想，什么是悲哀呢？悲哀这两个字对他来说已经太过遥远和陌生。事实上他从十二岁开始便失去了这一功能。那一年，他本来富裕的家庭发生了巨变，他至今也搞不清父母亲是跟谁家结了怨，总之他家遭受的是灭门惨案，父母和姐姐全部被杀死在家中，幸亏他贪玩待在了游戏机室一夜未归。

当时他还不太懂事，依稀记得他们家三层别墅的前面挤满了他家的亲戚，有的见过而有的十分眼生，但人多得完全超出了他的想象，足有五六十人。不光是人多，相互之间还发生了急剧的争吵，吵急了还动粗，甚至大打出手。当然在他们中间，有穿制服的人在维持秩序，劝解拉架。大人们顾不上他，他便拿着一根黄瓜边吃边站在一边看热闹，而围着他家院子里三层外三层的人也是来看热闹的。

常常在这一带给人补鞋修伞的阿伯叹了口气对他说道，你知道他们在吵什么吗？他说不知道。阿伯说他们在争夺你的抚养权啊，因为你跟谁过你爸的遗产就归谁。他还说看到他们这样，你还不如是个孤儿好些，将来岁数一到也好继承遗产了，现在可倒好，你有罪受了。

那一幕牢牢地留在了他的脑海里。

等到他手里的黄瓜吃完以后，全部的亲戚都黑了脸，都觉得这个世界不可理喻，人心黑如煤炭。穿制服的人也在混乱中被人扯掉了一只衣袖，另一个穿制服的人急了，吹哨子又不能叫众人冷静下来。

这件事闹了半年多，他便像物品一样寄存在妇联的一个抗家庭暴力庇护所。还好后来他爸爸的三弟，就是他的三叔算是脱颖而出，在众亲戚的恶语诅咒下接他回家去了。

尽管他是好不容易争到手的，但是三叔一家人对他并不好，他们总是在他面前抱怨他爸爸吃独食，生前从未接济过他们，为人又过分尖刻所以招来了杀身之祸。好像他们享受他的遗产是理所当然。麻脸女人那一次算是他的成人礼，当时他也只有十六岁，他确信自己是一个男人了，于是离家出走再也没有回去。

他扒上一列货车，停在哪儿算哪儿，感觉就是饿着肚子漫无目的地在街上走也比呆在三叔家强，而且只要有人问起来他一口咬定是孤儿，不是怕被送回去，反正送回去还可以跑，而是他觉得有五十多个亲戚还混成这样实在太丢人。

他跟许多人不同，不会因为谁给了他一口热饭就以为自己到了天堂。社会是他的大学，他曾经乞讨，后来当过伙计、门童，给建筑工地担水泥、打包工等等，受够了冷眼，看惯了同类相残。四年过去了，他懂得了这个社会有底层但没有江湖，饿肚子就是饿肚子，没饭吃就是没饭吃，当贼就是当贼，死人就是死人，跟江湖毫无关系。所谓的江湖不过是一个人们齐心合力愿意编愿意信的虚妄世界，是吃饱肚子的人用来解闷的，将来他吃饱了肚子他也会相信有什么穿着黑西装戴着黑眼镜见人就开黑枪的黑社会。

生活的真理只有一个，人为财死，鸟为食亡。

二十岁那一年，尽管他看上去瘦高，但已筋骨强健。他买了一把锋利的瑞士刀，重回故里找到他三叔的办公室，对他说你把我爸的钱还给我，否则我们谁也别想活着出去。估计是他脸上必死的神情吓坏了三叔，他叫财务室给他送来了现金。

到头来还得感谢他的死鬼父母，是他们的钱救了他。

他叫焦阳，今年二十六岁。

他在庇护所时，曾在手背上刻了一个恨字，谁都以为他是恨杀害他父母的凶手，但只有他自己知道，他恨所有的人。

这个字在他长大之后虽然淡了一些，但也从小楷变成了大楷。

焦阳本来想歇息一会儿，但今天的王植树表现得有些活跃，再说天已经完全黑了下来，夜色对于他来说已成为亲密爱人，随时向往。他洗了一个澡，换了一身甚是休闲的衣服还戴了顶鸭舌帽，看上去是个无限正经的好青年。心里决定给自己放大假，他已经够累的了，比王植树唱歌还累。

他来到桃色，在吧台前要了一杯椰子酒。这时酒保小恩子走过来冲他努努嘴，他顺着他的目光指引，见到一个女人临窗而坐，看上去风霜憔悴，穿一身黑，高领毛衣的高领一直卡到下颌，仿佛穿了一件盔甲战衣，虽然化了个大浓妆但却毫无风情，神态严峻。小恩子捂着嘴笑道，你不觉得她很滑稽吗？我如果跟她睡两觉，她就什么事都没了。小恩子也是实打实的拜金主义者，总是暗自感叹世道不济已是笑贫不笑鸡鸭，如果自己也长得高大威猛，断然不甘做省油的灯。

焦阳没有理会，兀自喝酒。

这个女人枯坐了大概一小时，她显然不是无聊的富婆或者有钱的变态狂，好奇心驱使他提着酒杯向她走了过去，待他坐定，那个女人却意想不到地开口了，她口气生硬道："我知道你是干什么的，你说吧，要多少？"

他有意无意地伸出一只巴掌撑住台面。

"走吧。"她说。

"去你家？"

"不，去你家。"她斩钉截铁地说。

于是他们两个人貌合神离地搭计程车去淘宝大厦，一路上他吹着口哨，她说你能不能不发出声音？他斜了她一眼。

整件事应该说非常的简单，然而就在他开门的一刹那间，王植树犹如从天而降，举着菜刀出现在他们面前。那个女人当场就愣住了，焦阳见怪不怪道，王植树，滚。王植树放下举菜刀的手，说了一句大哥你回来了便扭头离去。

女人进了屋后仍旧惊魂未定，半天安静不下来，然后执意要走。

焦阳火道："你他妈玩我呀！"

那女人说道："谁想到你这儿会有精神病人呢？"

"又不是他跟你睡，你紧张个屁呀！"

"你说话怎么这么难听？"

"你在桃色坐着不走都不嫌难看，装什么相啊。"

"不管你相信不相信，我从来没干过这种事，我只是……"

"我当然相信，一看你那样就知道你年轻时有多纯真，快点吧，我没时间跟你啰唆。"

"我真的不做了，你放我走好吗？"

"那你就付一半的钱吧。"

"我什么都没做也要付那么多钱吗？"

"小姐,这个世界是不会陪着你变来变去。"

那个女人还在迟疑,焦阳眼露凶光地把瑞士刀拍在桌上。永远都不要误会干这一行的人均是娘娘腔,时代不同了,在这个认钱不认人的年代,软饭也可以吃得很霸道,很香。而且人世间的万事万物都可以拿来做成一盘生意,又有谁敢笑话谁呢?

只见那个可怜的女人,果然是用发抖的手掏出一撂钱来,数也没数便丢在桌子上逃之大吉。

四

管静竹和曹虹真是太天真了,以为一切都可以重新开始。

事实上,管静竹的新生活不但没有重新开始,反而是一颗心悬在嗓子眼处,搅得她寝食难安。

要说过去歪歪在的时候,她的日子是奔波劳碌而又苦海无涯毫无指望,尽管她在公司强打精神,但其实终日失魂落魄。现在有了喘气的机会,本以为能让自己紧绷的神经松懈下来,好好休整一下也别那么对不起自己,结果是一千个一万个可能性每天袭扰着她,又得不到证实,葵花的家里自然没有电话,村里的电话自然打不了长途,只有镇上的邮电所才有电话,抬脚就是几十里的山路,想都不要想了。所以现在管静竹活得更是失魂落魄。

现在全中国她只关心一个城市那就是广西,她不仅了解了它的地貌和概况，每天晚上还从中央台看它的天气预报。葵花的家住在百色附近的一个叫四塘的地方。管静竹用放大镜在地图上找到了这个地方，真是千山万水啊，她头都晕了。

有一天她下了班，神使鬼差地搭计程车去了飞机场，她在机场给曹虹打电话，告诉她已买了飞机票飞南宁，再往百色那边去。

就在她排队等待安检的时候，曹虹慌慌张张地赶来把她拉出了队伍。

曹虹说，前两个月最难忍，但是管静竹你一定要忍住啊，你还有你的生活。而且你必须面对的是你儿子除了有残疾之外，他还什么都不懂，他完全不知道你为他做的一切。

可我不能不管他啊。

怎么是不管他呢？他就靠你寄钱养活他，你要挣很多很多的钱留给他。

曹虹还说，不如你先到我家住几天，这样也好转移一下注意力。管静竹答应了。

然而，曹虹家并不是那么好住的，不是曹虹家小，她家一点不小，在体委大院住着三房两厅，这是当年她的举重丈夫得金牌受到嘉奖的房子，他们家又没有小孩，可以说空荡得很。也不是她丈夫难相处，恰恰相反，曹虹的丈夫是一个特别朴实而且热忱的人，对人宽厚大方，尤其对曹虹那简直是目不斜视的好，无论曹虹说什么他都是不走样地坚决执行并且贯彻到底。

问题就出在这个好字上，曹虹两口子实在太恩爱了，而且他们由来已久毫无感觉，人前人后都是这么过。可是他们俩之间渗透出来的那种自然由衷的甜蜜，却像匕首一般地刺痛了管静竹的心。

静竹始知，幸福也是有杀伤力的。

六年了，自从端木林策划并实施了失踪以及最终离开她的计划之后，她的生活里就只剩下奶粉和尿布了，当然她还订了《大众医学》和《中华医学杂志》，目的是了解医学方面的新动向，现在科学这么昌明，说不定歪歪的病就有救了呢。

她不光是心灵，就连肌肤都是干渴的，她的生活里没有男人，不要说性和抚慰，就连一点男人的气息都没有，换一句话说是她在这些年的磨砺面前，顶天立地已经变成了男人，即使是每月必来的小红魔也完全没有唤醒她的性别意识。这一次，目睹了别人的平凡生活，别人夫妻之间的融洽关爱，她才发现她已经完全枯萎了。

一天晚上，静竹半夜起来上厕所，无意中发现曹虹两口子在小客厅里喝红酒，吃白斩鸡，好像在庆祝什么紧要的日子。

她听见曹虹对她老公说："你以后吃饭的时候不要老是把我爱吃的东西夹给我，静竹看了不好。"

她老公说道："静竹跟你那么好，她会介意吗？"

曹虹说道："女人都是会介意的，她碰上这么一个倒霉孩子，那个鬼端木林又一点不肯分担，心里不知多苦。"

老公道："那你又不让我去扁他，这种男人就是欠扁，我们也好替她出口恶气。"

曹虹道："我们都是成年人了，不能遇事就是喊打喊杀……你平时不要那么疼我，会刺激她的，静竹现在多不容易。"

老公道："难得她有你这样的朋友，搞得我们半夜三更庆祝结婚纪念日……"

静竹冲进洗手间，捂着嘴哭了起来。

为了不发出声音来，她的脸憋得通红，嗓子眼哽得像要断了气一样。她的伤心一是因为自己没碰上举重运动员却碰上一个货真价实的负心汉，二是因为自己已到了让人怜惜的境地竟然是浑然不觉，还以为伪装得很好，简直就跟花痴一样。

哭完了，她长舒了一口气，准备回到房间去。

但是一打开洗手间的门，便听见曹虹两口子卿卿我我的声音，说的那些肉麻的话让她起了一身鸡皮疙瘩。结果她被困在洗手间里足有半个多小时，直到外面既没有灯光也没有动静了才蹑着脚尖回到客房里去。

这一晚，她伤心至极。想到自己年轻时一样是好人家的乖女孩，一样帮妈妈择菜洗碗擦桌子，一样在学校好好学习不让父母操心，姿色不差也没干过伤天害理的事，却招来这种老天报应的事，让她如何能够心平？她对生活可以说是没有要求的,但是生活给予她的迎头痛击却是早已把她打垮。

第二天,管静竹装作没事人的样子,照样起床、吃早餐,照样去上班,下班后带了些水果回来,照样和曹虹一块做晚餐,吃完饭以后,两个人又是一块洗碗。这时静竹说道:

"曹虹,我还是觉得你说得对……生活在继续……"

曹虹忙道:"你什么意思?你是不是想搬回去了?"

静竹苦笑道:"难道我能在你家住一辈子吗?"

曹虹想了想道:"是不是我老公太……太……他这个人就是……"

"不不不,"静竹忙道,"跟你老公一点关系都没有,是我想通了,我也有我自己的生活嘛。"

曹虹执意道:"要不我让他先搬到体委招待所去住?"

静竹突然就黑了脸,道:"曹虹,我还是直说了吧,你不要对我那么好,我命薄,担不起。"说完,放下手中洗了一半的碗,回房间收拾东西去了。

曹虹和她老公都不知道该怎样劝解管静竹,也只好默默地看着她离开。管静竹搭上计程车以后,眼泪就流了出来。她也知道不应该这样对待朋友,而且人家两口子没有半点的不是,可是她实在演不下去了,事实上她在生活中也没有扮演好任何一个角色。

一个来月眨眼间就过去了,这当然是普通人的感觉,对于管静竹来说也还是度日如年的。总算,管静竹等来了葵花的第一封来信。

葵花号称读过初中,但管静竹怀疑她小学都没有毕业,刚到静竹家来的时候,笔画稍微多一点的字既不认识也不会写,幸好她喜欢抄歌词,有时在静竹给她的作废的公司记事本上抄一些《爱一个人好难》《潇洒走一回》之类的歌词,也算是无形中提高了写作水平。但是她的字还真不像她那么水灵,全是趴着的,一个也站不起来,又仿佛写好之后被猪八戒的耙子耙了一遍,全部七拧八扭。但是这一切对管静竹来说都不是问题,因为她需要这些字,而这些字在她眼中也犹如鲜花开放。

葵花在信中平静地描述了她的婚礼,男方的家庭状况,以及他们结婚的花销;也平静地描述了歪歪到了农村之后的生活,葵花说他能吃能睡,比在城里时还胖了一点;她还强调农村的空气好,歪歪也就不大咳嗽了。

这封信基本上就是白描,严格地说是一本流水账,什么形容词也没有,但却意外地给了管静竹一份踏实。

管静竹看信就看了几十遍,完全可以倒背如流。

这一天管静竹的心情大好,正巧又是周末。下班之后,她便一个人去了这座城市价格最昂贵出品也最讲究的一家日本料理店,这里负责铁板烧的女孩子个个眉眼俊俏,美目巧兮,不仅身段苗条犹如风中杨柳,而且皮肤白如凝脂似乎吹弹可破。不夸张地说拉出去全是选美冠军。别看她们漂亮,却中看中用,其中一个女孩为管静竹烧烤的神户牛肉实在是恰到好处入口即化。当然也跟这些牛的品种有关,据说此类日本牛是喝着啤酒听着音乐长大的。

管静竹自饮了一点清酒,微醺让她感到了稍许的轻松。她真是从心底感谢葵花,她几乎成为她的再生父母,她决定当晚就给葵花回信,并且下次寄钱的时候要多寄一些,以示鼓励。

她吃完了自己的最爱,又去商店想买一件东西送给自己,开始是雄心壮志买钻石,然而把今天当作世界末日来过并不等于今天就是世界末日,曹虹说得没错,生活在继续,歪歪还需要很多很多的生活费。后来她决定给自己买一个名牌包,她的包太旧了已经有失体面,但是看来看去还是嫌贵。那就买一双新的高跟皮鞋吧……或者一件羊绒毛衣……总之愿望一直在不停地变换,不过她在这一过程中找到了生为女人的乐趣。

最后她给自己买了一条真丝围巾,是好东西又在打折,不仅色彩鲜明,而且花纹既张扬又典雅。买完之后她非常满意,欲罢不能又给曹虹买了一条,当然花纹不同却是幸福的粉紫色。

意犹未尽,她还不想回家。而且她深知美好的短暂如同梦醒,想想自己有多可怜吧,日常的生活已成为她的节日。

商场的顶楼是电影院,现在的电影院都设计得很前卫,尽可能地脱离现实,或者说让你在两小时之内忘记庸常生活中的诸多烦恼,所以电影业虽说不算景气,但电影院已是孤独都市人的避难所。静竹很想看一部文艺片，会比较配合她现在的心情。少女时代她也还是多愁善感的，有着与其他女孩相同的玫瑰色的梦想，然而转眼间……罢罢罢，还是不要做这种对比和联想，今晚就是放纵自己，尽可能晚一点地回到现实生活中来。电影院一共放四部片子，但全部不是文艺片，静竹选来选去选了一个《蜘蛛侠2》。

她买了一大桶爆米花，一个人找到座位坐下之后仍显得怪怪的。其他观众都是成双成对，有些年轻的男女包一个情侣座位，立刻深深地陷了进去，虽然包厢椅把他们包得严严实实，但你完全可以想象出他们的亲密程度。

其实静竹并不是多么喜欢看带科幻色彩的超现实主义的影片，但是西片有气势，有高科技含量，这便是她选择西片的理由。然而影片开演不久，尽管银幕上又打又爱如火如荼，她的思想却在走神，无法跟着蜘蛛侠蹦来蹦去。并且不知为何，她总是想到曹虹两口子亲密无间的样子，他们半夜庆祝结婚周年日，爱得死去活来。这些镜头像毒药一样侵扰着她的身心，她当然知道她现在需要什么，可是她到哪里去寻找爱情啊，她就像在茫茫大海上航行多年的水手刚刚踏上岸来，内心是满满的寂寞，却又四顾茫然，不知去向何方。

她下意识地吃着爆米花，想找回哪怕是一点点少女时代的快乐，但却完全已经不能。最后一次在电影院是和端木林在一起,那时候他们还没有孩子,好像是看《侏罗纪公园》,情节紧张得令她抓紧端木林的一只胳膊,并且眼含泪花,那是她第一次知晓高度惊愕也会让人流泪。当时的端木林还笑她没用……可是现在,她已经不觉得这个男人在她的生命中存在过。

影片还没有演完,静竹就出了电影院。

她在大马路上徜徉,轻风拂面,令她不是更清醒而是更迷醉。她突然想起公司年轻女孩子们议论过的同性恋酒吧,猛男酒吧……那些地方如同海市蜃楼般让她感到既虚幻又神秘,她想,既是万劫不复她也要怀着必死的决心前往,钱不是可以买来一切吗?这是此时她最愿意相信的真理。

当然也不全是因为欲望,或者说这欲望里还有着一种做个坏女人的冲动。这些年来她做好女人已经做得筋疲力尽,"责任"这两个字像胎记一样与她的身心永难分离。

我为什么要那么好?!这个好字是我们想象的那么意义重大吗?!

是的,她就是在这样智乱神迷的情况下来到了桃色酒吧,她坐了很久,在这段时间里虽然内心混乱无比,但表面风平浪静。后来她遇到了焦阳,应该说他的样子都让她有点自卑,如果不是钱还能壮她的胆的话。

就像古老的拍花子那样,她痴迷地没有思维地跟着他走,当然她并不知道他叫什么名字,也不知道关于焦阳的一切。她好像知道即将发生什么，却又无法确定一定会发生什么，可是说真的她还是希望发生什么的。因为这个男孩子给她的印象不错，虽然看上去十分冷漠，但冷漠背后的不为人察的忧郁却不那么令人讨厌。

她需要爆发一下，真的很需要。

也许是幸运吧，她终于被举着菜刀的王植树惊醒。世界上的事情怎么会这么奇怪？偌大的城市，拥挤着无数陌生的脸孔，似乎人人都在服用维他命、蛋白粉、深海鱼油等各种名称的保健品，所以这些脸孔中正常里还透着精明，但却偏偏让她在这样的时间这样的地点撞上了王植树，当然事先她完全没想到会碰上——对于她来说不就是长大了的歪歪？这已经不是冥冥之中的暗喻而完全是醍醐灌顶了。

顿时，她旋风般地彻底回归现实，结束了她的自我放逐。

她有歪歪，她是一个母亲，这就注定了她一生都不会快乐。而且无论她是一个什么样的女人，现实生活中的一切都会不断地提醒她，责任如影相随。所以当她离开淘宝大厦的时候，她的欲望早已灰飞烟灭。

五

一下午都阴雨绵绵，焦阳哪儿都没去，在屋里一边听音乐一边举哑铃。他像艺人一样注重仪表，这是不言而喻的。

他当然已经完全不记得有管静竹这样一个女人，要说对女人的印象，只有最早那个对他来说有启蒙意识的麻脸女人和皮衣女人是难以忘怀的，或者说那是一种记忆。其他的女人无论俊丑都不可能给他留下什么印象。而他与管静竹是完全不同的两种人，产生纠葛的可能性是零。

然而事情就这样发生了。

傍晚，雨并没有停，反而还下大了。焦阳开始翻食品柜，他找出一瓶啤酒，但没有下酒菜，只找到一盒碗面泡上，再找才发现两包极小包装的美味花生，还是在国际航班上发的，居然下意识地保留到如今。就在他准备吃晚饭的时候，有人拍门。

他想也许是王植树便没有理会。

拍门激烈起来，这就是少交租金所必须付出的代价。他无奈地起身准备去平复阴雨天气给一个智障青年带来的烦恼。

进来的三个男人上来就开打，是那种中等身材表情淡漠但下手很黑的职业打手。只是在瞬间焦阳便烂泥一样瘫在地上。直到这时，门外才走进来一个身穿休闲服的体面人，他问焦阳马尔代夫的风光怎么样？是不是挣了多少多少钱？他手下的人很快从抽屉里找到了银行卡，他们逼他说出了密码，于是其中的一个人转身下楼去了。其间那个体面男人对焦阳说你睡了我的人还敢要那么多钱？你那玩意儿是金子做的吗？

焦阳从这句话里判断出这个男人的来历，有些男人是这样的，就算是他永不沾手的东西别人也休想碰一碰，因为那是脸面问题。而眼下他跟这个男人一样地痛恨那个不知死的女人给他带来了杀身之祸。

不久，那个离去的男人打电话上来，估计是告诉体面男人银行密码是对的。这一干人准备离开时，惨剧发生了，其中一个打手在焦阳的脸上手起刀落，当时焦阳并没有感觉到痛，因为他当时已经遍体鳞伤。待那些人走后，房间里恢复了宁静，王植树哇啦哇啦的说话声也在走廊里再度响起，他才慢慢地爬起身来。

在洗手间的镜子里，他看见自己满脸是血，老实说他不知道自己的伤口在哪儿，到底有多长多深。他顺手扯下一条毛巾捂住脸冲了出去。

这一天上班的时候，管静竹曾多次听见公司年轻的女孩子们大谈美容问题，由于她多年的忙碌，显然没有多余的精力来理会这件事。现在她要恢复自信，一切都得从头开始，尤其是随着葵花来信的频繁，她那颗悬起的心稍稍有些回落。于是当别人提到有关女性方面的问题时，她便会不经意地竖起耳朵。

她们提到最多的一个词是"植丽素"，管静竹从未听说过这个词，可她又不好意思问，那样会显得自己老土而且落伍。可她记住了植丽素这个词，据说对皮肤有奇效，可以去掉所有的皱纹和黑斑。静竹的脸上还不至于有黑斑，但是细微的皱纹已经在眼角和鼻沟处显现，她觉得自己应该认真对待。既然是生活在继续，说不定她也还会碰上自己喜欢的男人，就算自己不漂亮也不要那么沧桑吧。

所以下班之后，管静竹没有回家，也没有急于吃饭，她直奔市中心的一个高级商场，这个商场的一楼全部是化妆品专柜，售货小姐一个个如天女下凡般美丽和亲切。管静竹向她们问起植丽素，她们完全不知道是什么东西，并且耐心地教育她不要相信直销或传销产品，抹在脸上的东西可不是开玩笑的，还是要相信大商场的名牌产品。

于是，她们成功地向她推销了一套美白去皱同时又补水滋润的产品。

静竹从商场里出来的时候，天已黑了下来，且雨越下越大，她在路边等计程车真是不等不知道一等吓一跳，只要一辆空计程车开过来，足有十几只手去开车门，越是孔武有力的大男人越是抢得厉害，而且别人也抢不过他们，女人或者年纪大一点的人即便是打开了车门把脑袋钻了进去也会被他们揪下来。管静竹打着伞在雨中观望，心平气和地想这满街的男人不全是端木林吗？你能指望他们什么呢？这一发现让她的心情豁然开朗，原来她不是不好彩撞上独一份的自私男人，而是天下乌鸦一般黑，那也就没什么可抱怨的了。

她在雨中足足等了四十分钟，直至膝盖以下的裤腿全部湿完，两只半高跟的羊皮鞋一踩下去咕咕直响。这时候有一辆空计程车向她驶来,她周围已经没有人了,正当她还带着几分优雅打开车门时,突然一只大手伸了过来,同时不知从哪儿冲来的一个男人不由分说地打开车门要上计程车,但结果是他们两个人被卡在车门处,正当他们都下意识地抽身时,那个男人显然接着要上车,但计程车竟然意想不到地空车开走了。

不等管静竹反应过来,和她抢车的那个男人已经扑倒在她身上,慢慢滑了下去。

静竹一边喂喂喂地大叫,一边想撑住这个急于要倒下的男人。直到这时她才看到这个人满脸是血,她吓得倒吸一口冷气。那个出租车司机一定是看到了这一状况才逃跑的。

静竹半跪在地上架着这个失去知觉的男人,她浑身是血已经走不脱了。并且周围开始聚集了零零落落的看热闹的人,假如她此刻抽身离去必是目击者眼中的凶手,这点常识她是知道的,那就是在危急的关口永远不要解释什么,而是首先控制住局面。这时有一位好心人帮她拦了一辆小货车,并且告诉她离这里最近的医院是正骨医院,但也顾不上那么多先去救人要紧。

受伤的男人被送进急救室后,值班医生向管静竹寻问病人的情况,譬如他是在什么情况下受伤的?时间地点?跌倒被撞被砍?总之一切问题管静竹都说她不知道,她说她不认识这个男人,但谁会相信她呢?很现实的一个问题是抢救病人是有费用的。所以不管管静竹怎么解释，值班医生都暗示一个看上去挺机灵的护士看住管静竹，防止她一走了之。

管静竹很不情愿地为受伤男人付了诊疗费，他从急救室推出来的时候全身上下缠满了绷带，照说是应该留医的，但是管静竹再也付不出住院押金了，要不然她绝对把他放在医院后自己消失在茫茫人海。医生说这个男人伤得不轻，尤其是脸上的一刀只差分毫便刺到眼睛，这一刀伤就缝了八针。还有就是他出血过多，再晚一点到医院来便殃及生命。管静竹一时间不胜唏嘘，后来又觉得这一切跟自己有什么关系呢？

由于输了液又打了镇静剂，受伤的男人已经脱离了危险但仍旧神志不清。这样一折腾已是深夜十二点钟，静竹也问不出他家在哪里，只好把他架回自己家去，等到天一亮就让他走。

经过一晚上的昏睡，第二天中午，焦阳终于在歪歪和葵花睡过的大床上苏醒过来，他回神回了好一会儿，也想不出来这里到底是哪儿，脑海中的景象始终是乱拳与尖刀，血雨腥风。这时有一个陌生的女人推门走了进来，她向他诉说了昨晚发生的一切。在聆听的过程中他发现这个女人有些面善，后来他想起他们初次的会面。好在他的半张脸都被裹着，她完全认不出他是谁。

陌生女人说我给你熬了点粥，你喝完粥就走吧。

事实上管静竹想来想去，她已经够倒霉的了，碰上这样的事还要为这事请假，她必须想得周到一些，不能让这个受伤男人因为饥饿和虚弱再一次晕倒在她家的附近。

她一句也没有问他为什么会伤成这样,这让焦阳对管静竹的印象稍好了一些,至少不像第一次见到她时那么神经质。在她去端粥的当口,他随手拿起床头柜上的一帧照片,照片上是一个虎头虎脑的男孩子,甚是可爱。

管静竹把白粥和咸菜放在托盘上摆在焦阳的面前,她容颜落寞地说道:"这孩子是个哑巴,还有些智障……"

不是她的遭遇倒是她的坦率让他吃惊不小。"他死了吗?"他问道。

她怔了一怔,更加落落寡欢道:"差不多吧……"

他不再说话,她也转身离去。或许是她单薄而又落寞的身影,或许是她无言又无奈的叹息,总之就在那一刻间他对她突然产生了一种深深的同情,这种情绪在他有限的人生中几乎没出现过。因为他不会同情任何人其中包括他自己,很小的时候他就知道这个世界不相信眼泪。

焦阳喝了两碗粥,稍稍有了一点体力。在他准备离开的时候,管静竹递给他一张名片和一摞医药单,她对他说道:"我希望你能把诊疗费寄还给我。"

他下意识地哦了一声。

她看着他,两眼清澈,欲言又止。

他知道她马上就要说我也活得不容易,这笔钱不是小数等等这一类的话,于是便把名片和账单一股脑地捅进上衣口袋，坚定不移地点了点头。"那是一定的。"他说。

谁都不会怀疑他表现出来的真情实感。当时的焦阳也认为自己一定会这么做，因为在他胸间好不容易萌生出来的一点同情心还没有那么快散去。

然而此后的焦阳当然没有给管静竹寄什么诊疗费，他又不是在校的大学生，有能力随时随地演绎出真善美的故事来。在家休养期间，他清理了一下自己的财务状况，他唯一的银行卡里根本不止一笔马尔代夫所赚来的钱，有些富婆他尽管记不住她们的模样，但钱的数字却清晰地留下记忆，并且包括以往在宾馆顺东西时的积累，现在通通被人洗劫一空，而这种见光死的事又是不能报警的。

他再一次把管静竹抛至脑后，连同他昙花一现的同情心。

伤好以后，焦阳的脸上留下一道疤痕，这道疤痕像蜈蚣一样静卧在他的右额，跨过眼裂，很霸道地趴在那里。他破相了，不仅再没有人找他风花雪月寻欢作乐，他还配了一副墨镜以遮挡面部的不雅。他开始重操旧业，混迹于宾馆的会议偷东西，不知是他的好运结束了，还是现在的他太容易给人留下印象，很快他就被会议上的人逮了个现行，人赃俱在，他被拉着警笛的警车带走了。

六

这一年的冬天来得迟,但却非常的冷,而且没有过渡期,两天便是两季。其实大自然也有大喜大悲或者悲喜交加,只是人们漠不关心罢了。

天气也仍然是管静竹心境的晴雨表,这段时间她连续往广西发了好几箱邮件,均是御寒的衣物和食品,自然是不这么做便无法心安。葵花还算懂事,跑了好几十里的山路到邮电所给她打了一个长途电话,说是东西全部收到,都够用,不要再寄了,还说歪歪一切都好,让她放心。当时的管静竹在公司上班,接到这个电话的时候她兴奋地叫起来,幸好她自己有一间办公室,当时也没有人进来,她跑去关上门,絮絮叨叨问了葵花好多问题,但电话挂断之后脑子里却一片空白。

她伏在写字台上掉了一会儿眼泪,心情才开始好转。

晚上,管静竹到曹虹家吃饭,她对曹虹说道:"天气这么冷,我真想过去看看他。"

曹虹不吭气,只是往她碗里夹菜。

管静竹开始扳手指算假期,又盘算着跟公司怎么说,总得把假话说圆。

曹虹终于忍不住打断她道:"要不再忍忍吧……"

静竹看了她一眼。

曹虹索性放下筷子道:"因为你去,就一定会把他接回来。我说得对不对?"

"你怎么知道？不一定吧？"

"一定。"

"那我也不能永远不见他了吧？"

"等你有了稳定的对象，找到那种能全盘接受你的人。"

"为什么？"

"因为人生必须一男一女共同面对，就这么简单。"

静竹苦笑道："曹虹，不是每个女人都像你这么幸运。"她说完这话便埋头吃饭。曹虹的老公去外地出差了，可是这个家里充满着他在时的温暖气息，包括鱼香肉丝里的肉丝都是他走前切好的，因为曹虹对烹饪毫无耐心。

曹虹启发静竹道："想一想你过去的同学中，有没有暗恋过你的，或者你暗恋别人的……老熟人也行，因为当初阴错阳差地没在一起……"

这一次是静竹打断曹虹，白她一眼道："你电视剧看太多了吧。"

曹虹仍不死心，又把自己认识的适龄男人翻箱倒柜地找出来，排排队，没有一个能跟静竹沾上边的。

离开曹虹家的时候已经将近十点钟了，静竹径自去了地铁站。

等了几分钟，地铁进站。然而就在静竹准备上车的那一刻，她的双腿突然凝住了，原来透过车厢的玻璃窗，她分明看见端木林和小唐还有倚云一家三口全部在车上，小唐手上大包小包地提着，倚云则坐在端木林的腿上，抱着一只毛小熊。他们看上去是那么和谐幸福的一家人。

所有的乘客都上了车，空荡荡的站台只剩下静竹一个人。

地铁列车很快就开走了，玻璃窗里的一家三口像一张活动的全家福照片，由于是瞬间地划过，显得更加温馨和余韵无穷。而静竹的心里，却像这个站台一般的空荡，像这个冬天一般的寒冷。

现在想起来曹虹真是她人生的指路明灯，人怎么能靠赌气生活呢？赌气的结果就是人家把一半的担子也压在了你的肩头，乘上幸福快车消失得无影无踪。难道你真的就那么坦然吗？真的就解脱了吗？真的无怨无悔吗？真的就不想冲到他的家里砸个稀巴烂以解心头之恨吗？真的就那么心甘情愿地孤身走我路吗？

可是一切都太迟了。

她就是这样一个吃尽千辛万苦也没有办法改变初衷的人。

她是乘坐下一趟地铁回到家的，把电视打开之后她没有坐在电视机前，先是站在窗前发了一会儿呆，然后她走到衣柜前，打开衣橱，把仅有的几套并不常穿的体面衣服拿在胸前比了又比，接着又在镜子前面照了又照。

这样一来她就有点兴奋了，她坐到梳妆台前，深更半夜给自己化了一个大浓妆，然后穿上公司周年庆典时买的一条长旗袍,这条湖蓝色的旗袍顿时让她的身体曲线突现出来,她像幽灵一般地在镜子前面走来走去,直到她确信自己仍可以成为如同证交所蓄势待发的新股,只要上市便充满绩优潜力时,才心满意足地以天鹅之死的姿势倒在大床上昏然睡去。

日子稀松缓慢地过去,管静竹并没有交上什么桃花运。

一天,管静竹突然收到了一封信,信的落款是内详,字迹相当陌生。她十分好奇地打开信,更令她好奇的是这封信是一个名叫焦阳的人写给她的,他对她说,他就是那个被她救过性命的男青年,但后来他一直也没有挣到钱,也就没有办法还给她诊疗费。现在他因为犯事被关进看守所里,今年的冬天实在是太冷了,而他又没有家人给他送棉袄,他冻得实在扛不住了就想起了她,希望她能给他送一件棉袄去。

她想了一会儿,终于想起的确有焦阳这么个人。但是她觉得太好笑了,这个言而无信的家伙居然还敢给她来信,不仅让她去送冬衣,而且还是送到那种地方去。

她想都没想就把这封信扔到字纸篓里去了。

一下午,静竹都在公司的会议室里开会,讨论销售方面的问题。

下班的时候,静竹回自己的办公室拿大衣和手提包,走廊上的风很硬,一阵穿堂风冷不丁地袭来,让她打了个寒战,那种透心凉的感觉很不好受。

这时她想起了焦阳。

回到办公室以后,她又从字纸篓里找出了那封信。一件棉袄而已。她想。

被剃了小平头的焦阳关进看守所已经半年有余,强制性的集体生活让他很不习惯也就更加沉默。这种不习惯并不是陌生感造成的,相反他似乎知道这里是他迟早要来的地方,如果说宾至如归那是言过其实,但是他所面临的一切也并没有超出他的想象。刚进来的时候睡在厕所边上,被臭味熏得头晕眼花,有大量的手工制品要做,今天是圣诞灯明天是塑料花等等,每人定时定量,做不完就做到深夜没有人会理你,此外监仓里的卫生包括打扫厕所也都是他的事……这里的空间十分狭小,人多的时候要站着睡觉并不出奇,每呆一天都是受罪,但最让焦阳不能忍受的是饥饿和寒冷。

待在这里的人都知道,真正关进监狱倒也好了,一切都有了规矩,春夏秋冬发放的东西也齐全。看守所就不同,似乎是一个临时场所,如果不是可以配合对外宣传并且允许拍照的示范单位,那条件就相当有限了。而焦阳所在的看守所每天只吃两顿饭,清汤寡水自不必说,许多犯人便自己掏腰包加菜。所里有一本犯人的大账,犯人家属送来的钱全部入大账,用了多少慢慢扣。

焦阳是无人探视的,当然也就不可能吃到加菜,而饥饿直接导致的寒冷更是人所无法忍受的。这里不发棉衣,只发一件橙黄色的背心式的号衣。他没有棉衣,也不会有人给他送棉衣。就是这样一个小问题把他难住了，人生的挫折都是阴沟里翻船，被你想象不到的小事害死。

他把自己认识的人想了个遍，没有一个人会为他做这件事。报纸上曾经报道过有一个单身母亲坐牢之后，她三岁的女儿就在家饿死了。这个世界就是这样，难道王植树的妈妈会来给他送棉衣吗？这是不可能的，那个女人把一分钱看得车轮子那么大，还是省省吧。可是严寒好像没有尽头似的，焦阳觉得自己差不多快要冻死了。

这时他想起了父亲的话，父亲曾经说过：帮助过你的人永远都会帮助你，但是你帮助过的人就不一定。焦阳也说不清为什么这种时候会想起父亲，其实他对父亲的印象已相当模糊不清，他对亲人印象最深的是姐姐焦蕊，因为她的眼睛十分清澈。父亲非常喜欢焦蕊而厌恶他，可是他现在不仅活着，还想起了父亲的话。

应该说父亲的话是对的，他生前也接济过人，那时常有眼生的亲戚到家里来找父亲帮忙，父亲多多少少都会有所照应，有时为这一类的事父母亲还会争吵不休。可是后来这些人全都不见了。父亲办公室的抽屉里还存放着一些亲朋好友亲笔签名的欠账单，这些人就更是踪迹全无。

想到这里，焦阳的脑际间电光一闪，他想起了管静竹，虽然他没有给她寄还诊疗费，但是她是唯一帮助过他的人，所以他看了她的名片，记住了这个人。

于是他凭记忆中的地址给她写了一封信。

接连两个探视日,焦阳都以为管教会叫他的名字,他似乎挺坚信这一点的,因为这是父亲在九泉之下唯一能帮助他做的事了。但是事情并不像他想象的那样,依旧没有人理会他。他想也许是他记忆中的地址有误,另一种可能是人家不想再惹麻烦。

然而到了第五个探视日,焦阳见到了管静竹,她给他带了一件羽绒衣,但老老实实告诉他是她老公当年离家出走时留下的剩余物质,放着也是放着,给他穿就省得买了;另外她给他带了一盒午餐肉,两盒鱼罐头,说是公司发的,再不吃就要过期了。最后她说,你好好改造吧,我走了。

本来,管静竹觉得她与焦阳之间再也不会有任何瓜葛了,但其实他们的不解之缘才刚刚开始。多少年后,当管静竹想起所发生的这一切时,她相信都是植丽素害了她,否则她是不可能碰上焦阳的。然而爱美不是她一个人的问题恰恰是所有女人的问题,从这个角度说她又是在劫难逃。

两个月后的一天下午,有一个上了点年纪的陌生男人来找管静竹,他自称是看守所的余管教,让管静竹叫他老余。老余说,他是在来访人员登记中得知管静竹的电话和地址的,想必她和焦阳之间有点亲戚关系,所以来跟她交换一下如何内外联手帮助焦阳的问题。不等他说下去,静竹急忙截住他的话头,把自己怎么认识焦阳的事一五一十地说了一遍，最终表示自己没有帮助焦阳走向新生的义务。老余听后当即也甚是叹奇。但人既然来了，总不能连杯水都不喝就走。在喝水的过程中，老余提起了焦阳的身世，他的身世很让管静竹触目惊心，老余又说其实焦阳很聪明，只是对改造非常抵触，如果哪怕是多一个人关心他，情况也许就不一样了。

而老余同志是管教系统里的劳模，他对管静竹说，我每看到一个犯人最终悔过自新，就有一种医生送病人出院的喜悦。这一点可能别人都很难理解，管静竹说我完全可以理解。

老余又说，对于一个溺水的人来说，每一块飘过的木板都是他的性命。管静竹很难想象怎么这个世界还会有老余这样的人。但是她最终还是同意和焦阳建立一种通信联络，使他不要觉得自己跟这个社会是完全脱节的。

一开始的时候，管静竹和焦阳的通信有点无话可说，也就互相报一报流水账。然而随着时间的推移，他们之间的联系变得有些微妙，对于焦阳来说，也许是看守所的日子实在是太闷了，每天的安排比复印机复过的还一成不变，几乎令他发疯，而他好不容易碰上了一个给他送棉衣的人，可以说是绝处逢生，就权当她是焦蕊的化身吧，现在这个人又跟他通信，是他与这个世界唯一还吊着的一口气，尽管是气若游丝，也还是给了焦阳一点点他所陌生的异样感觉，那就是被人关心无论如何还是温暖的，是人心深处所渴望的。不管你觉得自己已经多么坚冷，也一样会被这种东西融化。而对于管静竹来说，她对自己的做法也是匪夷所思，譬如有一天晚上夜深人静，她给焦阳的信却越写越长，其中讲到了对端木林的怨恨和对儿子的牵挂，她说这些话她没办法跟任何人去说。就如同她有一次在火车站被人偷了钱包，她试图找到一块钱打电话寻求帮助，但是每一个路人都不肯听她诉说，并且都认为她是骗子。最终她向一个乞丐讨了一块钱却没有解释一句，那个乞丐一眼就看出她是一个丢了钱包的正经人。所以当她向焦阳诉说自己的不幸时，她觉得那么自然而没有障碍。

说来也许都没有人相信，在管静竹给焦阳的信中，几乎没有一句是劝他接受改造重新做人的，基本上全是她自己的不幸和怨言。而焦阳给管静竹的信里也没有加强改造争取减刑这一类的话，他也第一次敞开心扉，谈到了自己的家庭灾难和这一灾难带给他的仇视一切的心理。不过相比之下，焦阳更感谢管静竹，她让他第一次尝到了被人信任的滋味，而这种感觉又是找不到替代品的。

七

有一天，焦阳被通知可以加菜。这让他十分奇怪，因为在给管静竹的信中，他从来不提自己生活上的困难，反正饿不死冻不死已是他的造化。

后来是余管教告诉他，在他生日的那一天，他的大账上出现了二百元钱,所以他可以给自己加个菜,如果省着点吃,二百元可以吃蛮长时间。焦阳并没有想到,他竟然会为这件事鼻子发酸,还掉了几滴眼泪。在这以前他一直以为自己是没有泪囊的,否则不会遭遇灭门惨案都没哭出来,也许在巨大的惊骇面前,人都是会反常的。

这天晚上,管静竹接到了余管教给她打来的电话,余管教夸奖她会帮教人,火候把握得特别好,就像是我们管教系统派出去的卧底似的,甚至比专职人员还要专业。管静竹被他夸得一头雾水,只好唯唯诺诺,词不达意。放下电话之后,管静竹想到自己给焦阳的信中全是牢骚,还是自己乱麻一般的家事。至于过生日,反正人人都要过,她又不知买点什么好,不如叫焦阳自己偶尔加个菜来得实惠。想不到招来这一大通表扬,真让她受之有愧。

晚餐的时候,焦阳加了一个红烧肉丸子,肉丸子实在太好吃了,所以他在吃肉丸子的时候下了一个决心,就是也要做一个能够帮助别人的人。他想,管静竹或许就是这个意思吧。

不久,焦阳给管静竹写了一封信,他在这封信里并没有感激管静竹给他过生日,也没有告诉管静竹自从他失去家人之后便没有再过过生日,更没有提及他已经下决心要做一个能够帮助别人的人。这一切他都没有提,而只是说了一个天大的秘密,那就是他跟管静竹早就认识,他们最初的认识是在淘宝大厦,而他又不愿意再承担这个秘密了。

焦阳也不知道自己为什么会写这样一封信,或许意义深远,但他自己又无法说清。

从此以后,焦阳再也没有接到管静竹的信。他们之间的联系就此中断,没有一点余波和涟漪。但仿佛管静竹对焦阳的使命已经完成,这时的焦阳已经能够平静地对待他剩余的铁窗岁月,而且他坚信他以后再也不会到这种地方来了。

经过两次减刑,焦阳总算走出了看守所。

奇迹没有发生,灰色的铁门在他身后关闭,面前除了刺眼的阳光,并没有什么熟悉的面孔在等待着他。当然,他还是感受到了自由的可贵,它像阳光和空气一样可贵。他深深地吸了一口自由的空气,在阳光的普照下,如同关久了的鸟儿那样对任意地飞翔产生迟疑。他坐上专线车来到市里时,更是对车水马龙有一种惶然。

在街边的橱窗玻璃上,他看见自己理着小平头,穿着整洁的外衣,还是有一点迎接新生活的状态的。但是这个人是自己吗?他又有些疑惑,还是他脸上的疤痕提醒了他,你还是你,一切都没有改变。

他在大街上省了省神,便去了淘宝大厦,他也只有这一个地方可去。

原先居住的房间又住进了新的房客,这是意料之中的事。焦阳径自去找收租婆,收租婆正在择菜,见到他并不十分吃惊,只是脸生厌恶道:"你来干什么?"

不等他回话,收租婆突然提高嗓门道:"我真是被你玩死了,来了好几个差佬到你的房间抄家,楼里的人都以为我犯什么事了呢。"

"我只是来拿我的东西。"

"你有什么东西?就你偷的那些东西,警察全都抄走了。"

"总不见得被子褥子和我换洗的衣服都抄走吧?"

"你以为你是谁?还有人帮你看着这些东西?"

"我是你的房客,我是交了钱的,你至少要把我的东西随便堆在一个地方吧,怎么可能什么都没有了呢?"

收租婆烦了:"没有就是没有,你去找警察要吧。"

这时王植树不由分说地闯了进来,他对焦阳扬起菜刀,愣了一下才说:"大哥,你回来了。"

焦阳看见王植树一身穿的都是他的衣服,包括脖子上的格子围巾和脚上的一双耐克鞋。要不是王植树两眼发直表情呆板,焦阳还以为又一个自己出现了呢。收租婆看在眼里便道:"王植树你到外面去玩。"

王植树提着菜刀答应着离开,临出门口还说了一句:"大哥,你的电视机我妈还卖了八百块呢。"

收租婆忍不住抢白他道:"放屁!是八十。"

焦阳转身离去,他没什么可说的了,而且叫收租婆把入袋平安的钱吐出来是一件难乎其难的事,就像教王植树识字那是没指望的。

他再一次来到大街上,他想他的新生活到底在哪儿呢?本来他心存侥幸,想着收租婆的房子租不出去他还可暂住,最不济也能把自己的剩余物品变卖换一点钱,但现在这一切都成了泡影。在这个世界上,人是不能倒霉走背运的,因为谁都可以踩你一脚,烂鼓千人捶,又有什么奇怪呢?

他随便找了个台阶坐下来看街景,大概是久违的原因,色彩纷呈甚是好看。

天色黑了下来,由于台阶处不止坐了他一个人,现在这些人走了,丢弃了一些看过的报纸、饮料罐、餐盒等。他收起了废置的报纸,有多少拿多少以备在街心花园的长椅上过夜时做铺盖,唯一顶事的是包里还有一件羽绒衣,好在天已经不那么冷了,露宿街头也就不那么可怕。他开始漫无目标地在大街上走着,似乎是在等待街上的行人渐渐散去,他便可以安心就寝了。

当他再一次抬起头来的时候,发现自己不知不觉来到了管静竹家公寓的楼前。他这才明白,其实他离开淘宝大厦以后,脑子里并非空无一物,有许多相关的东西在他的脑海中流星一般地划过,譬如父亲的话,羽绒衣等,内心深处他是一直想到这里来的,但又吃不准管静竹会怎样对待他。

她对他的态度其实已经非常明确了。

可是他一天没吃东西,饿得两腿发软,如果他不想进超市顺点吃的,就只有到这里来。真正来到这里,他也就不容自己多想，上楼去敲管静竹家的门。

一直也没有动静，他想她可能还没有回来，正待他转身准备离开时，门开了，管静竹看到他时的表情跟收租婆的表情一模一样，也是相当厌恶地说道："你来干什么？"

"我已经一天没吃东西了。"

管静竹也同样提高了嗓门："你没吃东西关我什么事？我又不是你妈！"

焦阳的脸上并没有显现出多么深刻的失望，他甚至还笑了笑，像对老熟人那样笑了笑，然后他就转身下楼了，楼梯下到半截的时候，他听见管静竹用命令的口气喊道："你给我回来。"

他知道她不是收租婆。

焦阳进屋以后才发现，眉头紧锁的管静竹在收拾行李，摊了一地的东西。不等他开口，管静竹手不停头不抬道："我要去乡下看我儿子，晚上十点的火车。不知道为什么心里特别烦。"她说这话时又像是对焦阳解释又像是自言自语。

管静竹忙忙碌碌地收拾完行李，将一串钥匙留给焦阳："你自己到冰箱里找点吃的吧……我知道你是减刑出来的，余管教告诉我了。你要赶紧找事做，人有事占着手就不会胡思乱想了……"她说完这话也不等焦阳有什么反馈，拎起自己的箱子就走了。焦阳这时追了出去，表示要送管静竹去火车站，管静竹挥了挥手，头都没回地走掉了。

焦阳觉得管静竹这个人实在是太神奇了,你绝对不能用简单的善良来概括她,她有时就像是一个夜游症患者,所作所为皆无因果关系,也就完全无从预料。

短短的几分钟,他还在担心她能否收留他吃一顿饭时,管静竹家沉甸甸的钥匙已经落在他手中了。

多少年之后,焦阳想起这段往事,仍感到不可思议。

如果当时他们错过了,彼此的故事又会怎样呢?是否真的就会四平八稳,再无波折了呢?

八

一路上,管静竹做好了充分的思想准备,她知道农村并不是在那遥远的地方,山清水秀好呀么好风光,村口一棵大榕树,清粼粼的小河边有两个小芹一样的姑娘在洗衣服……如果农村真有这么好,那还有蜂拥进城的农民工吗?

那城里人不全跑到农村去了吗?

她完全知道农村环境的恶劣,生活的艰苦,歪歪也肯定跟着受罪。

管静竹是突然决定去广西四塘看歪歪的,没有什么特殊的原因和理由,就是觉得一定要去了,而且她也没跟曹虹商量,因为她完全知道曹虹的态度。她也没有告诉葵花,反正写信已经来不及了。

不过她还是牢记曹虹的话,千万不要一时冲动把歪歪带回来,这样她就再也没有自己的新生活了。要可怜可怜自己,曹虹总是这样提醒她。

火车咣咣当当地在黑夜里疾驶,却又无声无息像一条潜行的蟒蛇。

放眼看去,整个硬卧车厢如同一条食街,人们的食物应有尽有,小至瓜子花生,大至烧鸡烧鸭,啤酒、饮料、水果这一类的东西几乎填满了所有的空间。喇叭里播的是怀旧歌曲,就是那种有人唱一句一万个人都能和上去的老歌,人们在歌声中打牌、闲聊、看时尚杂志。车厢里飘荡着食品特有的气息和洗手间传过来的异味,空气超乎寻常的混浊。管静竹觉得整个脑袋都是昏沉沉的,其实现在谁还会真正的怀旧?当《秋天的思念》变成了酒楼里的送餐音乐,人们就明白了怀旧和情感的远去,流行即是瘟疫。但无论如何管静竹希望自己也流行在其中,她太需要庸俗的快乐了,这是因为她一直被隔离在生活之外。

就像她与焦阳的交往,这个世界谁又能拯救谁呢?说到底他们是同类,无论是身体的囚禁还是精神的囚禁,他们都不被眼下的生活接纳,于是便带着深深的伤痛苟活。后来她不理他,并不是谁比谁更下贱,而是她不愿意面对曾经放纵的自己,犹如她不见得多么地同情焦阳,而真正同情的也还是自己。

第二天上午,管静竹下了火车,她坐上长途公共汽车,沿途倒了三趟这样脏兮兮的像一堆废铁拼凑的长途车才算是接近了四塘，颠簸和劳累自不必说，心境更是近乡情怯，总觉得会看到自己最不想看到的东西，又想象不出最糟的情况会糟成怎样？说不定有情有义的葵花待歪歪很好，何况歪歪还是他们家的财神爷。

黄昏的时候，她身心疲惫地走进葵花家的院子。

村里的一切都如她想象的简陋、肮脏和破败，一条泥泞的路贯穿着整个村子，大人孩子不仅蓬头垢面，衣服也穿不整齐，给人衣衫褴褛的感觉。同时，他们都像看外星人一样奇怪地看着管静竹，后来得知她是找葵花的，脸上便露出诡秘的笑容。

其中有一个精壮的小眼汉子说，他们家在盖新房子呢。

见她不甚明白，又道：不是你寄来的钱吗？他们家还买了八只长毛兔，但后来都死了，水土不服。

静竹仍不说话，她其实是希望葵花一家过好的，否则皮之不存，毛将焉附？

葵花家果然在盖新房子，新鲜的红砖刚刚砌过二楼，她家院子也没有什么特别，只是到处堆放着农具和建筑材料，显得颇为凌乱，在没有看见葵花的家人之前，管静竹便意外地看到了儿子歪歪，他一个人坐在地上，穿戴和村里的孩子毫无分别，也是那么脏那么烂，只是腰间有一条麻绳，像牲口那样被拴在一截木桩上，令他走不到三米便无法前行。静竹见到他时，他正聚精会神地捡地上的脏东西往嘴里送。

管静竹走过去抱住歪歪泪如雨下，从表情上看，歪歪并不知道她是谁，但知道她的行为是友善的，便把地上捡起的东西给她吃。

葵花家的看门狗都没有绳索拴着，可以自由自在地游走。它看着这一对母子，露出了怜悯的神情。

后来葵花向静竹解释说，因为歪歪走丢过，他们不得已只好把他拴住。

这个理由也还是成立的，静竹也不能大骂葵花的良心喂了狗，他们养兔子盖房子有什么不对？乡下人拿到钱就是这样过日子的。就算他们把所有的钱都花在了歪歪身上，歪歪也还是哑傻，也还是一眼看不见就走丢。

应该说葵花一家人还是相当朴实的，她的婆婆头戴一条绒格围巾，只顾埋头往灶里添柴给静竹做饭，葵花的老公兄弟四个，全部在屋里时也只听见葵花一个人在说话。他们都是老实人，都想对静竹好但又不知怎么表现，以至于看见自己的孩子跟歪歪争旺旺饼干，上去就是一巴掌。

尽管如此，管静竹还是止不住地掉眼泪，她谁都不怨，只怨自己把歪歪送到了这里。

当天晚上，歪歪睡着了，静竹坐在他的身边直到深夜，她决定天一亮就带着孩子返回城里。葵花是了解静竹的，但她又无话可说，只好陪着静竹空坐着。

葵花没有挽留静竹多住几天，更没有挽留歪歪，她已经看到了静竹脸上铁一般的决心。静竹也还是把千里迢迢带来的食品和衣物留了下来，背着歪歪离开了葵花家的村子，离开了四塘。葵花因为已有身孕，已经不大好出去做事了，但还是把静竹送了又送，一副对她不起的样子。

就这样，管静竹千辛万苦地把儿子又背回了城里。

一天晚上，曹虹敲开了管静竹家的门，进门就兴师问罪地点着管静竹的鼻子："为什么不接我的电话？你说你为什么不接我的电话？听到我的声音就挂断，我怎么你了？！"

管静竹微低着头不看曹虹的眼睛，也不说话。

曹虹更气了："你干吗不说话？你能不能叫我死个明白？"

管静竹铁心不吭气，还是那个死样子。

这时里屋发出一声巨响，两个人条件反射般地冲了进去，是歪歪把沉重的衣帽架推倒了，他的房间已经被他毁坏得一片狼藉。曹虹愣住了，管静竹的神情反倒坦然，似乎是房顶没了她也不会大惊小怪。

曹虹说道："你把他接回来了？我不是叫你别把他接回来吗？"

管静竹冷冷地回道："我再不接他回来，他就死在那儿了。"

曹虹气势如虹地说道："他不会死的，他比你命大。"

管静竹恨道："你不是母亲，所以你不可能理解我。"

曹虹道："可是我知道你有多苦，静竹，如果你不硬下心肠就会苦死。说得残酷点,他不会死的,他死了才是你的造化。"

只听啪的一声,管静竹一巴掌扇了过去,两个自认为可以生死与共的朋友同时愣住了。屋里安静极了,只有歪歪无意识地看着两个表情僵硬的人。

管静竹轻声说道:"你知道吗?这就是我不理你的理由。"

曹虹捧着她一边的脸颊,她不见得格外地愤怒,反而异常地冷静:"他总有一天会害死你的。"她留下这句话之后便飘然离去。

静竹缓步走到窗前,她望着曹虹渐行渐远的背影忍不住双泪长流。如果不是为了她能够解脱,她又何必说得这么刺耳?她知道友谊和爱情一样,会使人出现不可理喻的反常表现。可是她有什么办法呢?她不是理智和情感同时被撕裂,而是整个的人生以及世界观都被现实撕成了碎片。

她如何能看着歪歪被拴着长大而无动于衷?她对曹虹的怨恨也是刻骨铭心的。

这就是生活。

九

焦阳是半夜两点钟回来的,他现在白天在国美家用电器总汇举广告牌,就是那种穿着奇装异服尽量引人注目手举某产品的让利惊爆价来回走动的广告真人秀。晚上则在一家饮食大排档里端菜、洗碗，从晚八点干到凌晨两点。

他进屋的时候看见管静竹跪在客厅里擦地板，当时他觉得十分奇怪，为什么半夜三更要擦地板呢？于是他提出来帮忙，但是管静竹不理他，直到擦完地板就回她房间去了。焦阳回到储物间打开拉床，倒头便睡，歪歪回来以后，他就睡在储物间里了。储物间不到十平方米，焦阳看出来以前可能是端木林的书房，现在堆了一些杂物，管静竹执意叫它储物间，也很少认真地收拾。目前这里的一切都是焦阳自己整理出来的，他有一个优点就是爱清洁。他现在什么都不想，一心想挣到钱便可以从管静竹的家里搬出去。

谁家里多了一个外人会不日久生厌呢？

由于歪歪的归来，而葵花又没有归来，管静竹的生活又陷入了一派混乱之中。她临时找到一对老年夫妇，白天把歪歪送到人家家里去，晚上下班后再接回来。老年夫妇对歪歪还是很有耐心的，但是他们索要的报酬也高得惊人，是管静竹工资的三分之二。他们的理由也非常充分，因为他们不是退休老工人，而是一对教师，分别是高中的数学和物理，不知有多少家长想把孩子寄存在他们这里呢。如果管静竹嫌贵，他们也可以心平气和地去教正常的孩子，钱稍微少一点但可以多教几个。只不过看着歪歪会轻松一些，没有所谓的升学压力，因为现在的家长也是心比天高的。

管静竹无话可说，一时间也别无选择。

这样，她的生活又没有了喘息的机会，而她跟焦阳基本上是从不碰面的。有人奇怪住在一个楼里的熟人可以几年没见过对方，但还没听说过一个门里出来的人互不谋面的，但管静竹和焦阳就是这样，各自尽心尽力地过着水深火热的生活。

日子飞走又悄然无痕。

春天来了，春天是万物复苏的季节。

每个人都会有一点莫名其妙的兴奋，好像真的会有一大笔钱或者一场旷世奇遇的爱情轰轰烈烈地从天而降。

焦阳开始觉得自己有故事了，春天的故事。

他所在的国美家用电器总汇很大，上下共有四层，举广告牌走一个来回也是蛮累的，有时候还要扮成铁臂阿童木之类的形象，等于身在一个巨大的气囊里走路，很是吃劲，一趟走下来浑身都汗湿了，可是你不扮得奇奇怪怪又有谁会注意你高举的广告牌，或者是哪怕多看你一眼呢？

来电器总汇做广告真人秀的只有一个女孩，名叫尹小穗，尹小穗长得山青青水灵灵，最美是那两条仙鹤腿。说句老实话，蒲夜店当三陪的女孩子长得还不如她呢，所以你很难相信她为什么会来干这个，是不是有点资源浪费？

找不到事做呀。尹小穗很委屈地说，她是大专文凭，又是不过硬的专业，现在博士后还在大街上排排站呢，哪里会有大公司请我去当文秘？就算挣几个零花钱，也得出来做。

焦阳在这里工作，很隐忍，不爱说话，这里的人当然不知道他的身世，更不知道他坐过牢。一天需要有人扮小丑，对于年轻人来说谁都是不情不愿，假发是黄色的，还要戴一个圆圆的红鼻头，涂上白眉毛白鼻梁，再穿上七彩的服装，简直就是自毁形象。于是有人说，焦阳，反正你脸上有疤，不如你扮小丑吧，也不算埋没你。焦阳很想上去揍人，但又想到自己发过毒誓不再进看守所那样的地方，也就忍了。不等他做出反应，尹小穗说，凭什么总是焦阳干最累最丑的事？他昨天扮手机，在手机气囊里走了一天，今天又叫他扮小丑，凭什么你们每天戴个谢霆锋的面具就算数，这不公平嘛。

那几个男孩说，哎呀呀，最欠公平的就是你了，你每天穿网球衣走猫步，别人还以为你是张曼玉呢。现在轮也轮到你扮小丑了。

一时间尹小穗愣住了，想不到战火会引到自己身上。本以为是个男生都会对她心生几分怜爱，但这里是需要辛勤劳作的地方，是城市里的耕田，是繁华乡里的车间，谁都不会无端端生出同情心，你以为你是谁？你又没有跟我睡过觉，有本事去找公子哥，公子哥最有同情心了。

尹小穗被顶到了墙角，她赌气说道，我扮就我扮，有什么了不起。说完抱起小丑的行头准备进更衣室。焦阳抢先一步抱回了行头，一句话未说地进了男更衣室。

这天下班以后，尹小穗在门口等焦阳，她对焦阳说道，今天是你给我解了围，我要请你吃东西。焦阳说不用了。尹小穗说不如我们去吃煲仔饭吧。焦阳说可是我还要去大排档打工呢。尹小穗说那你那个大排档里有没有煲仔饭？焦阳说当然有了，还是独家秘制呢。尹小穗喜笑颜开地说道，走。

大排档的老板也高兴焦阳带客人来吃饭，送了一碟炒田螺算是给足了焦阳面子。尹小穗一边吃着香喷喷的煲仔饭一边注视着焦阳。

焦阳道："你看着我干什么？"

尹小穗道："焦阳，我总觉得你过去遇到过大事。"

"我遇到过什么大事？"

"不知道，但是你对好多事都不在乎，又什么都不争，也不爱理我们，这就表明你曾经遇到过大事。"

"我没遇到过什么大事。"

"真的吗？"

"真的。"

"那你家里还有什么人？"

"我爸我妈还有我姐。"

"他们都好吗？"

"当然好。你呢？"

"我爸我妈也挺疼我的。"尹小穗脸上的表情顿时很甜蜜很优越，这让焦阳心里有一种说不出来的滋味。

这时大排档里来了几个身材高挑的女孩，全身上下除了真真假假的名牌便是配齐了耀眼夺目的挂件首饰，一看就知道是坐台小姐，穿得光光鲜鲜脸上描龙画凤，吃过晚饭便要开工了。

焦阳试探尹小穗道："你看人家挣钱多容易。"

尹小穗道："我当然知道容易，可是做这种事怎么对得起父母呢？"

焦阳道："父母亲那么重要吗？"

尹小穗瞪大眼睛道："当然重要，他们辛辛苦苦把我养大，总不是为了让我去干这个的吧。"

"那你父母是做什么的？"

"在药厂做工人，但是他们厂效益挺好的，是合资厂。"

"那你真的不羡慕她们吃得好穿得好？"焦阳用眼角往边上的那张桌子扫了扫。

尹小穗神情温婉道："当然羡慕了，可是羡慕的事不是都能去做的你说对不对？"

焦阳被她的神情和语气弄得像溶化了的牛奶糖，整个人软塌塌的。就差没把那个对字说出口了。

这件事以后，生活还是原样，两个人的关系也还是原样，他们并没有成为无话不说的好朋友。焦阳的确是遇到过大事的人，像灭门惨案、被亲情抛弃、坐牢这样的事，是许多人活了一辈子也只是见诸报端或者在电视剧里看到过，怎么可能亲身经历呢？所以年轻的焦阳有一种过来人的老到，有一种未见花开先想花落的凄然。他从来不觉得生活有什么意义，许多的所谓意义无非都是人们强加给自己的，既然是强加的，也还是没有意义。所以他对生活的态度就是跟着感觉走，走哪儿算哪儿，到哪座山唱哪首歌，如此而已。他才不会见到一花一木就以为自己人生的春天降临了。

可是有一天，突然有一个男人下班时间来接尹小穗，这个男人长得还算周正，表情也比较严肃。尹小穗管他叫小冷。

活动广告组的男孩七嘴八舌地问尹小穗，那个小冷是你男朋友吧。尹小穗说是又怎么样？其中一个男孩说长得好傻。尹小穗说你才傻呢，人家是公务员，有金饭碗，你有吗？男孩说不等你捧上金饭碗，已经闷死了吧？尹小穗用鼻子哼了一声不再理他们了。

从此以后，大伙就叫小冷冷公，以突出他是公务员。有一次冷公还开了一辆破二手车来接尹小穗，偏偏尹小穗上去之后车就发动不着了，哥儿几个站在门口看热闹，尹小穗又不好意思跟冷公发火，整个人气得鼓鼓的。

自从知道尹小穗有对象以后，焦阳晚上去大排档开工，洗碗的时候连摔了两个碗，老板急眼了：不是你的东西也不是这么不爱惜吧。说完摇摇头走了，算是没眼看。焦阳心想，这是怎么回事啊，不见得心里多么喜欢尹小穗啊，可是还真的有点走神，脑子里乱乱的理不出个头绪。

现在的焦阳也还是倒头就睡，只是有一次他梦见了尹小穗，她还是一身雪白的网球衫，短裙下迈动着一对美腿，她笑盈盈地向他走来，手里高举着广告牌，但广告牌上写的不是海信液晶电视机让利一千元，而是焦阳我也喜欢你，同时还有两颗心被一支箭穿在一起的图案。然而醒来以后，焦阳的想法又完全变了，他觉得他是不会跟尹小穗怎么样的，而且他现在对女人也根本没有兴趣。

十

精诚所至，金石为开。命运之神终于微启双目关顾到了管静竹。由几位爱心人士牵头，经过若干年的不懈的努力，本市的第一家名叫星星索的智障儿童康复中心宣告成立。管静竹一直对这方面的资讯十分留意，所以这一则平铺直叙的豆腐干大小的报道并没有逃出管静竹的火眼金睛，端木歪歪也在最短的时间之内走进了康复中心。

更让人想不到的是，这里的工作人员都是经过专业培训的，他们对于智障儿童有着一套完整的训练计划。而这些枯燥乏味看来毫无生机的训练还真在歪歪身上起到了作用，以前，八岁的歪歪在外面还算老实，但对家里的破坏却是毁灭性的，有一次他把客厅沙发上的整张皮子扒了下来，你都不知道他哪来的力量，也不知道他用了什么巧劲儿，还是沙发本身就是伪劣产品，总之现在这张沙发的皮子还十分现代地搭在沙发上，好像出自一种独特的设计。但管静竹对于歪歪类似的举动无不瞠目结舌。

现在的歪歪几乎换了一个人，当然他还是哑傻，还是不明白任何事，还是冷了不知道穿衣服，吃饭不知道停口。但是他双休日被接回来以后，可以端坐在桌前画画，他的画是抽象派的，你完全不知道他脑子里在想什么，也不知道他要表现什么，更不知道他的画里有什么意味和特指，总之你会在他的画作面前惭愧自己的无知和浅薄，而歪歪的脸上却显现出大师的风范，俨然毕加索的化身。

有人说天才和傻子之间只有一线之隔。管静竹深感这句话是因歪歪而得名，那是一个阳光明媚的下午，管静竹接到了智障康复中心的一个电话，他们通知她说，歪歪的一幅画，题目是《无题77号》，其实歪歪的画全部都叫无题只是编上了号而已，但总之这幅画在省里的春苗杯少年儿童美术大赛上得了金奖，而这个大赛完全是面向正常孩子展开的，谁都不会想到得金奖的是一个高度残障的儿童，所以组委会力邀管静竹带她的儿子去领奖。

突然的喜讯让管静竹不敢相信这一切是真的，而这一切又怎么可能是真的呢？

冷静下来之后，管静竹决定下午不对账了，因为她心里像揣了个野兔那样怦怦直跳，好几次对账都对不平,这连她的同事都感到奇怪,谁都知道管静竹对过的账就是铁账,不会有丝毫的差错,在这方面她真的是一夫当关万夫莫开。但这天下午管静竹笑着说不对了不对了,这个账明天再对吧。

下班以后,管静竹在商店里给歪歪买了一件白衣服,一条蓝裤子,还买了一个红色的小领结。歪歪穿上这套即便是大人也是很正经的时候才会如此着装的衣服,样子憨憨的甚是可爱。

领奖的那一天,歪歪表现得可以说是训练有素,那么大的会场,那么多的孩子看上去都是些小精灵。但是端木歪歪一点也不惊慌,他镇定自若地走到台上,双手接过颁奖人递给他的奖座,再用一只手把他高高地举过头,脸上露出得胜者固有的笑容,好像他什么都知道似的,但其实管静竹和星星索的爱心老师是对他有过交代,但是他的反应是并不知道他们在说什么,谁都没有想到他的临场发挥会这样的完美无缺。

许许多多的孩子为端木歪歪拍红了巴掌。

这时候,陡然间有几个孩子跳上了主席台,争着要让端木歪歪在他们的笔记本上签名。这一切发生得十分突然,台上的主持人不知道该怎么办,台下坐在第二排的管静竹也傻了眼,因为端木歪歪不要说签名,他根本就不会写字,甚至也不知道自己叫什么名字。在许多的本子和笔堆在他面前的时候,他会做什么反应呢?

管静竹心里一点底也没有,舞台上的强光令她紧张地停止了呼吸，而脑袋里又是一片空白，她痛苦地闭上了眼睛。

当她再睁开眼睛的时候，奇迹发生了，只见一直发愣的端木歪歪倒退了几步，然后给大伙深深地鞠了一躬。在人们还没有反应过来的时候，他已经从容不迫地走下台来，准确无误地回到了母亲身边。

顿时，蓓蕾剧场里响起了经久不息的掌声。

这一天的晚上，歪歪睡着以后，管静竹独自一人在客厅里喝酒，她有一瓶一九九二年的王朝干红葡萄酒一直没有理由喝，现在拿出来开怀畅饮。

她喝酒喝得两颊绯红，而且始终笑眯眯地望着远方，她第一次觉得梦想离她是这样的近，这样的触手可及。现在再想起自己所吃的苦，竟有一种苦尽甘来的甜蜜，就这样，管静竹微笑地流下了眼泪，同时又在泪光中享受着无法与外人诉说的欣慰。

她一直喝到焦阳拖着疲惫的身体打工归来，焦阳一进门，还没弄清怎么回事，管静竹便舌头发硬地对他说道，焦阳，坐，喝酒。她摇摇晃晃地起身要去拿杯子，焦阳急忙说还是我来吧。管静竹重新坐下来，看着焦阳拿着酒杯过来，她给焦阳倒酒时，焦阳问道，有什么高兴的事吗？因为他实在是没有见过管静竹失态，在焦阳眼里，管静竹就是一个恪守苦难备受压抑自我禁锢的单身女人，她衬衣的第一粒扣子永远是扣着的，脸上的线条也变得有些僵硬，陡然这样笑眯眯的微醺，还真有点让人愕然。

管静竹指了指柜子上端木歪歪得的奖座。焦阳看了奖座也好生奇怪，真有这样的事吗？

管静竹断断续续地说道，别说你不相信，就连我也不相信，不是我亲眼所见，我又怎么可能相信？

她接着又说，焦阳，你也别把自己搞得太累，你就在这儿住，你使劲儿住。

焦阳不知该说什么才好，有使劲吃使劲喝，使劲住也只能是一种热情的表达，而且管静竹已经喝高了，她也许都不知道自己在说什么。尽管焦阳一句话也没说，管静竹还是看清了他的心思，管静竹加强了语气道，真的，我说的是真的，我没喝醉，你使劲儿住，想住多久就住多久，人啊，不容易啊。她这样感叹地跌跌撞撞地回了自己的房间。

一夜无话。

过了一周左右，管静竹还沉浸在一种淡淡的喜悦之中。这一天她在公司上班，有一个陌生的女人造访，管静竹把她带到了公司接待室。这个女人的名字叫顾希陶，她说她是希陶画廊的廊主兼艺术总监。顾希陶的打扮十分西化，上身是一件黑色灯芯绒的掐腰西装，下面是马裤和制旧的平底皮靴，一枚硕大的琥珀色戒指套在她左手的食指上。她自称在法国开过画廊，看来也是真的，因为她身上有一种见多识广的气势。顾希陶的另一特色是她梳了一个非常中式的发髻，这让她在英气中平添了一分妩媚。

顾希陶直截了当地说,她听说了端木歪歪的事,又到星星索智障儿童康复中心去看了歪歪的作品,认为比想象中的好。她说,管女士,不知道你对印象派绘画有多少了解?管静竹对此当然没有了解,眼中只有一派茫然。

顾希陶继续说道,印象画派中有一个代表人物叫莫奈,他有一幅代表作《印象·日出》,这幅画表现的是朝露在天水之间,太阳在初升之时的情景,天光和水色在朦胧弥漫中融成一片,远近间的实物模糊不清,几笔浅绿和淡蓝随意抹出,没有明显的形状,更没有张扬的色彩。然而雾气、水色、阳光都在晨曦中交融,一切都被朦胧的光色征服。莫奈是一个表现光色的高手,而端木歪歪的画却与他的风范暗合,甚至可以说他们有着惊人的相似之处,这便是我看好端木歪歪画作的原因,我认为他是独具潜力的。

当然,他的情况我是非常清楚的,顾希陶宽慰地看了管静竹一眼,道,大陆人熟知的梵高,即便是精神彻底崩溃前,间歇性的歇斯底里大发作也是完全不能控制自己的思想和行为的。并且谁都知道他几乎没有受过什么正规的绘画训练,坚持摒弃一切后天习得的知识,漠视学院派珍视的教条,甚至忘记自己的理性,但这丝毫也没有影响他成为二十世纪画坛表现主义艺术的大师。

见管静竹仍然不得要领,顾希陶只好不跟她谈什么艺术心得，言归正传地告诉管静竹，经过了三天三夜的深思熟虑，她决定免费为端木歪歪办一个画展，取名《8》，暗指端木歪歪只有八岁。

当然，顾希陶停了停又说，当然这一切都是有代价的，那就是如果端木歪歪的作品卖势走得好，管静竹要跟希陶画廊五五分成。

总而言之，顾希陶一个人说了半天，喝了两杯矿泉水。管静竹一句话都没说，只是眼睛嘴巴齐齐张着，似看尤物一样地看着顾希陶。

晚上，管静竹被请到希陶画廊。希陶画廊设在大都会广场的四楼，是一个极有规模的画廊，布置得精美雅致。尽管管静竹第一次听说也是第一次到这里来，但立刻被浓厚的艺术氛围所吸引，这里陈列的作品可以说风格各异但都是各门派的巅峰之作，它们相互普照，相应生辉，就连不懂绘画的门外汉都能感受到它们耀眼的光辉。一时间管静竹只觉得如梦如幻，她想象中的艺术殿堂都没有眼前的希陶画廊这么夺目。

希陶画廊内设咖啡座，上好的咖啡阵阵飘香。

两个人边喝咖啡边聊，顾希陶始终是不温不火的，她对管静竹说，其实《8》画展的预算费用已经打出来了，加上宣传费用差不多要二十万元，这不是一笔小数字，而且由她全投，所以五五分成这个比例并不是太刻薄。

还魂之后的管静竹无法告诉顾希陶自己并不是嫌分

成少，而是完全被天上掉下来的大馅饼给砸晕了。最终她只说了一句一切都按照你说的办吧，就再也没有说话。管静竹离开希陶画廊的时候，只觉得两脚踩着棉花云，腾云驾雾地飞走了。她是一个普通人，普通人最怕的甚至不是庸常和失败，普通人最怕的恰恰是巨大的喜讯从天而降，像范进中举，像有人中了六合彩，人就突然疯了或者突然变得奇奇怪怪，皆是受了刺激所致。

现在的管静竹是感同身受，她使劲地让自己的两脚沾地却飘飘欲仙了。

接下来的事更是让人无法预料，随着端木歪歪的照片和他身后的画作出现在各种报纸上，他的行情也真的扶摇直上，人们开始挖空心思在他身上找到与自己有关联的元素，因为全民作秀的时代已经到来。先是美术学院附小的教务主任打电话给管静竹，说他们愿意破格录取端木歪歪成为该校的学生，就算他不可能每天都来上课也一定给他保留学位，后来管静竹接到的电话就更加五花八门了，有的公司说愿意出钱让他出国深造，有的团体说要为这个天才儿童设立工作室，福利单位希望歪歪成为弱势群体的形象代表，还有人提出要把端木歪歪四个字注册商标以便随时推出这个牌子的文房四宝……总而言之，所有的新闻都失控地占据了报纸上最宝贵的版面和最显要的位置，有的说法就连管静竹也闻所未闻，但也牛鬼蛇神纷纷出笼，如此这般，端木歪歪被爆炒得已经面目全非。

然而所有的这一切,端木歪歪并不知道发生了什么事,更不知道画中方一日,世上已千年。他每天除了吃饭睡觉之外,还是端坐在桌前画画。唯一不同的是他现在画画时还要听音乐,要知道他是有听力的,只是不会表达而已。端木歪歪在听了音乐之后明显会有些兴奋,额头会涨红,眉毛在说不准的时候还会跳一跳,这时候他的作品里表达出来的东西就更加居心叵测,但又更让人感到神秘和吊诡。

报纸上这样评价端木歪歪:"……他笔下之林泉高致,云烟海岳,深壑幽林,九曲山河,千涧泉曲皆纯从真山水面目中写出性灵,而又不落寻常蹊径。"又说:"……也许正是因为端木歪歪的先天性智障,所以他才可能操守弥坚,其作品中显现出来的内在价值,恰恰体现出了一种游历于功利之外的价值取向,而这一点又是现在满身烟火气的所谓艺术家难以企及的至高境界。"还说:"……他从来就不喜欢沉重的东西,想到哪儿就画到哪儿,让那种轻盈透明的感觉表达得更加充分,他更重视绘画的过程,随着自己的心绪自然流露而没有指定的目标,以至于画面时尚、抒情,又不失他纯净的本色特征……"

电视媒体更是不厌其烦地让管静竹和她的儿子到生活、情感、励志等一系列的栏目做节目嘉宾。

管静竹做梦也没有想到,她即将成为星妈了。

以前她根本没有时间和精力做面膜,现在她决定从零做起。就算她的风韵一辈子也赶不上顾希陶,至少也不能给天才儿子丢脸吧。

十一

做面膜的时候,已经是晚上九点四十分,喧嚣的白天终于过去了。

管静竹为自己热了一杯牛奶,据说牛奶有定神的作用,她也是希望自己好好睡一觉,不是比做十次面膜还有效?可是人都是很麻烦的,绝望的时候睡不着,前途光明充满希望的时候就更睡不着。

这时有人敲门。

会是谁呢?当然不是焦阳,他自己有钥匙,也不会是曹虹吧,发生冲突之后她们一直也没来往,而且她不是一个懂得深夜造访的浪漫主义者。

管静竹从探视孔里往外望,着实把她吓了一跳,门外站着的是端木林。

一时间,管静竹不知道自己是否应该开门,但她却毫不犹豫地揭下了面膜,好在它只是一张营养丰富的稀乎乎的纸。端木林又敲了敲门,仿佛他断定家里一定是有人的。管静竹心想,就听听他要说什么吧。

其实面膜的作用有一点像强心针,刚做完的时候似乎返老还童。所以端木林一见到管静竹时有些发愣,想不到她的精神气色会那么好,不过这也是很合理的现象,谁突然有了一个天才儿子会不喜不自禁呢?会不精神焕发呢？端木林手里提了一堆花花绿绿吃的东西，他把它们放在餐桌上，同时做出一副极其轻松的样子。

"我知道我对不起你。"这是他坐下来的第一句话，倒是开门见山。接着他说道："其实我一直想来看看你们，我对你们一直是有牵挂的。"

曾几何时，管静竹不知幻想过多少次她能跟端木林单独重逢，她希望他那时已经被命运惩罚得贫困潦倒，和她一样的不幸和无奈。到了这种时候她便可以痛数他的自私和无情，痛骂他的没有心肝。她要对他说，你知道你为什么过不好吗？那是因为我每天都在诅咒你，在我平和的外表之下，我的内心没有一天原谅你，直到我们相继死去。

像今天这样扬眉吐气地面对端木林，她是想都没想到的。

但是，她已经没有对他怒吼的欲望，甚至也不想说什么。

见她不做声，端木林只好又说道："你还好吗？"

她轻描淡写地回道："挺好的。"

"我能看看歪歪吗？"他说这话时，往歪歪住的房间飞了一眼。

"他不在。他现在住在康复中心，有自己的工作室。"说完这话，管静竹自己都吓了一跳，她是个从不撒谎的人，对于她不愿说的事她就沉默，但她绝不胡说。可是这一次，她都搞不清是怎么了，会把根本还没影儿的事说得如此确凿，她真的有点担心她的鼻子会一下子长出来。

如果管静竹不发怒，不火山爆发般地大骂，那他们注定就是无话可说。所以屋里突然安静下来。

这样的场景让端木林没想到，也有些尴尬。于是他调整了一个姿势，极不情愿地说道："算了，我就跟你说实话吧，你能不能给我两张歪歪的画，有人出高价跟我要……我现在过得还可以，但是倚云要上贵族学校就有些吃力……我想我提出这个要求，不算太过分吧？"

管静竹依旧淡淡地回道："当然不过分，只是歪歪的画我也没有，真的，一张也没有，他的画全部被希陶画廊高价收购了。"

端木林终于绷不住了，也许他恼怒的是自己的目光短浅。他有些不快道："那这件事就更简便了，你应该直接给我一笔钱。"

"为什么？"

"因为我是歪歪的父亲。"

"可是你离开了他，而且也没有要他的抚养权。"

"我会向法院申请一半的抚养权的。"

"我绝不会答应。"

"那我们就对簿公堂。"

"没问题，随时奉陪。"说这些话的时候，管静竹一点都不着急，反而还有一丝笑意。这时的她才正经看了端木林一眼，在此之前，她尽可能地不跟他对视，因为对视如果不引发激情就一定是勾起仇恨。

管静竹也搞不清自己为什么发不起火来,为什么会这么平静。然而也许正是这种平静激起了端木林的愤怒,他突然大为光火道:"管静竹,你看看你现在都变成什么样子了?!过去你善良、宽容、善解人意、对世界充满爱,可是现在的你怎么会变得这么俗气?你开始看重金钱、名利,内心也变得冷酷无情。从我进来到现在,你没问过我一句我的生活、我的身体,我告诉你这六年我瘦了三公斤,我过得也不好,也很艰难,虽说端木倚云聪明伶俐,可她有哮喘病,隔段时间我就要背着她上医院;小唐的身体也不好,想不上夜班就必须面临内退的威胁,可是一下养两个人我能不吃力吗……"说到这里他有点痛不欲生,声音也一下子哽咽了。

可是管静竹的神情还是无动于衷,她好像什么都没想,但也好像以往的生活场景并不连贯地纷至沓来,她想起了葵花家的院子,想起了村子里那条泥泞的路,想起了她是那么绝望地背着歪歪登上了归来的列车,甚至想起了曹虹泣血的规劝和她扬手的一巴掌……总之,端木林恐怕再难赚走她的哪怕是一点点的同情心了。

面对这样的情景,端木林气得浑身发抖,他再也不想多看管静竹一眼:"你,你已经变得让人根本无法忍受了你知不知道?!"

就这样,端木林开始喋喋不休地骂起来,有些话是一串一串的,但似乎话与话之间又没有相互的关联,当然这些话都是严厉并且一针见血的,都是直指内心或对人的灵魂的质问和审判。端木林越说越激动,以至于面部呈现出猪肝色,五官也扭曲跳跃。

然而奇怪的是,端木林骂得越是疯狂,管静竹就越是一副安贫乐道的样子,她想她与这个人认识了那么多年,还共同生活过,她从来都是说不过他的,所以她也不想看着他气成这个样子。

她安慰他道:"我不管变成什么样子都跟你没关系,你发什么火啊?既然生活也这么艰难,别再气坏了自己。"

端木林脸色铁青道:"你看看你这副死猪不怕开水烫的样子,我总算是明白了,原来金钱真的能让女人变成垃圾……你就等着法院的传票吧。"甩下这些硬话之后,他摔门离去了。

房间里立刻安静下来。

管静竹此刻的心情既谈不上高兴,也说不上震怒。她把端木林带来的东西顺手扔进了垃圾筒,以前他是她丈夫的时候就喜欢把过期的东西送人。

她想,生活真的是图穷而匕见啊。

离婚后整整六年,他们的再次相见就是这样始,这样终。说来说去,怎一个钱字了得?人们常说,内心的愧疚会折磨人一辈子,但又怎敌对钱的屈服那么彻底,那么俯首称臣,那么歇斯底里?

十二

相比之下,焦阳的生活就显得有点过于平静。

有一天,他听见活动广告组的男生问尹小穗:冷公怎么不来接你了?是不是你把他甩了?尹小穗说我甩他干什么?男生说你跟他好不就是为了甩他吗?尹小穗说狠话我才没有甩他呢。男生又说那就是他把你甩了,你成了放心肉,他也就不来接你了。尹小穗恼了,抡起广告牌来要打人。

其实焦阳早就发现冷公不来接尹小穗了,但他装作毫不在意的样子。

并且除了冷公不来,焦阳还发现尹小穗下了班就慌慌张张地走了。他想,下了班她还能有什么事?这个问题想久了,焦阳就有一点不好的预兆,如果是冷公跟尹小穗吹了,她会不会自暴自弃跑去当三陪呢?虽然在这个问题上他是没有资格管人家的,可是对待尹小穗,他就做不到。在他心底的感受就是哪怕尹小穗跟冷公结婚,也比她变成了那种女人好。

可是尹小穗像受了刺激似的对谁都爱答不理的,焦阳也怕自己冒冒失失地问她会遭来白眼,或者她反问他一句关你屁事?他不是自讨没趣吗?

这个问题始终困扰着焦阳,终于有一天,他忍不住在下班之后悄悄地跟着尹小穗,跟了几道街,拐了几个弯,果然看见尹小穗直奔朝歌夜总会而去。当时他的脑袋都木了，他觉得他的心都在滴血。

他也不想那么重视尹小穗，但是提醒自己的同时还是那么重视她。

而且他在心痛之余又有一点点的快慰，他终于可以与她正常交往了，原来他过去的烦恼皆因她是一个好人家的好女孩。现在她堕落了，也许是冷公玩弄她之后把她抛弃，这种把戏虽说毫无新意但也是时常发生的。第二天下班以后，焦阳对尹小穗说，我今天请了假，不去大排档打工了，我想跟你谈一谈。说这话的时候他脸都红了，他想他怎么变成一个正经人了呢？这真让他有点羞愧难当。然而尹小穗并不知道他怎么想的，尹小穗说，那太好了，我带你去一个地方，我早就想请你吃一个芒果西米露。

焦阳根本不知道什么是芒果西米露，尹小穗说你当然不知道，你跟着我走就行了。

尹小穗不由分说地把焦阳带到朝歌夜总会旁边的一个叫"水果捞"的甜品店，她自己换上了工作服，工作服是黑色的T恤衫，背上写着"咬我"两个字。她给焦阳找了一个靠窗的座位，端给他一份看上去味道不错的芒果西米露。小声对他说道，乖乖地在这儿等我。说完她就跑去上班了，一会儿开票，一会儿收钱，一会儿端盘子，就像一只黑色的蝴蝶到处乱飞，而焦阳的心也上上下下的没有着落。

一直等到尹小穗下班，两个人才开始压马路。尹小穗说道：

"你要跟我谈什么？谈吧。"

焦阳一时无话可说，只能含糊其词道："没什么……"

尹小穗的脸上露出了一丝得意之色："我就知道你会来找我的。"

"为什么？"

"你喜欢我呗。"

"你怎么知道我喜欢你？"

"反正我能感觉出来。"

"那你跟冷公是怎么回事？"

尹小穗笑起来："还说不喜欢我，这么关心我跟冷公的事。"

"其实你跟他一起也挺合适的。"

尹小穗板下脸来："你气我是不是？既然你觉得我跟他合适，那你还来找我干什么？"

"那你们究竟哪点儿不合适？"

"他这个人其实也不坏，就是老喜欢说我的不是，一会儿文凭不硬，一会儿工作不好，一会儿又说我没心没肺没脑子，反正在他眼里我是一无是处。开始我还忍着，心想谁让人家条件好呢？后来他总这样我就没法忍了，等我一提分手，他又觉得面子上下不来。那次我们吵起来了，他说尹小穗你给我记着，是我不要你的，我早想跟你说我们不合适，我怕刺激你。我说行，就算是你不要我的，反正是我先提出来的……吵完那一架以后，他就再也不来找我了。"

"你哭了吧？"

"我才没哭呢，不骗你，还有点高兴，因为……"

尹小穗突然就不说话了，焦阳问道："因为什么？"

"我不想说了。"

"那就别说了吧。"

尹小穗拍了焦阳一下，鼓足勇气说道："因为我一直觉得他的脸上太光滑了，都不像个男的。"

焦阳下意识地摸了摸眉梢的伤疤，心乱如麻不知说什么才好。

尹小穗又道："那时候我才意识到我是喜欢你的，我想我的偶像其实是焦阳啊，我要像他那样打多一份工，挣多一份钱，虽然辛苦但可以活得有点尊严，省得像打折商品似的让人拣来拣去。"

这是尹小穗的真心话，但是对焦阳所起的作用根本是她始料不及的。

其实男人的天性都是爱听赞美的话，如果你要真正赢得他们的心，真心的爱他和违心地崇拜他，选择后者会更可靠一些。何况是对焦阳这样人，尹小穗的话就像十全大补汤，令他冲动地突然一把抱住尹小穗，抱得紧紧的又说不出话来。他的这一举动把尹小穗吓了一跳，在她瞪大双眼的时候，焦阳又深深地吻了她。

这一个夜晚对于焦阳和尹小穗来说，是一连串的偶然性组成的，他们都不知道会发生什么，但一切都发生了。

即便是曾经沧海的焦阳,初恋也依然是奇妙和美丽的。

他也不止一次地问过自己喜欢尹小穗什么?却又说不清楚。也许爱情就是化学反应,要解释就有成千上万的理由,不解释也就没有理由。总之尹小穗在冷公眼里的那些缺点在焦阳看来都可爱无比,特别是她的单纯,糊里糊涂,一点也不精明等等。

不过很快,巨大的精神负担开始笼罩在焦阳的头顶,它们像乌云一样令他郁闷,那就是他要不要告诉尹小穗他的身世,至少他要告诉她自己坐过牢吧。

尹小穗越是相信他,依赖他,他就越是没有办法面对过去。他当然明白最正确的做法是向尹小穗和盘托出自己的一切,可是他真没有这个勇气,不仅是害怕失去尹小穗,更害怕失去她的情感和崇拜。这一切对于他来说太重要了,他一路挣扎到今天,本以为他的一生永远是在黑夜里,但是管静竹和尹小穗是他生命中的两个太阳,她们正引领着他慢慢摆脱黑暗,而心灵上的一线曙光又怎么能轻易放弃呢?

有好几次,在不眠之夜痛下决心的焦阳,走在上班的路上都还是意志坚定的,他想他什么没见过,什么苦没吃过,多么丑恶和无情的东西在他眼里都不算什么,都不能触动他。他为什么就不能对尹小穗说实话?难道实话还不如假象能感动人吗?可是当他见到尹小穗时,还是没有办法开口。

他终于明白了美好的东西也是有力量的，也是难以撼动和摧毁的。可惜他知道得太晚了。

星期天的上午，焦阳起床之后看见管静竹在厨房里忙碌，她看上去心情不错，也许是儿子一夜成为天才画家的缘故。焦阳把一个信封递给管静竹，他说这是我前段时间的房租，以后我也还是会按时交房租的，直到我租得起房子搬出去。

管静竹先是愣了一下，但她明白怎么回事以后便说道，焦阳你做得对，不过我还是谢谢你。她接过信封，很郑重其事地放进口袋里。又说，如果你没事的话，中午我们一块吃饭吧，我煲了汤，还买了鱼。焦阳说好，他现在跟管静竹就像一家人一样，不见得常见面不见得有多少交流却也不讲客套。

这时歪歪醒了，焦阳便到歪歪的房间给他穿衣服，又跟他玩了一会儿遥控汽车，汽车模型跑起来之后，歪歪就会跟着车模不知疲倦地奔跑。

中午的家常菜还是很丰盛的，管静竹倒了两杯葡萄酒，她说，焦阳，为了我们的新生活干杯。就在这个时候，焦阳的小灵通响了，是尹小穗打给他的，尹小穗说，我就在你家的楼下，我突然特别想见到你，就跑来了。焦阳吓了一跳，说你没事吧？尹小穗说没事，我能有什么事？难道有事的时候才能想你吗？

焦阳还是不相信，是有一次尹小穗问他住在哪儿，他就随便那么一说，没想到她就记住了，更没想到她还突然跑来了。焦阳起身来到窗前，刚一露头，果然看见尹小穗一只手打着小灵通，一只手冲着他使劲挥。焦阳脑袋嗡的一声，头大三圈，这时管静竹走了过来，她也看见了尹小穗，说道，这女孩挺漂亮的嘛。焦阳忙说这是我的同事。管静竹说那就叫她上来吧。焦阳说可我什么都没跟她提过。管静竹眼睛望着尹小穗神情镇定自若地说道，当然不要跟她提，如果你不想失去她的话。焦阳当时鼻子一酸，道，你真这么想？管静竹说不这么想还能怎么想？难道你要吓死她吗？焦阳愣在窗前不知说什么好。管静竹一脸假笑地冲楼下挥挥手，转身推了焦阳一把，叫他赶紧下楼接人。

就这样，焦阳在大脑处于一片混沌的状态下，把尹小穗带进了管静竹的家。尹小穗进了门就叫姐，管静竹自然是热情周到地接待了她，在整个吃饭过程中也都是管静竹陪她说话。

不过，尹小穗并没有发现焦阳有什么异样或不自然，因为她认出了天才大师端木歪歪，这让她十分惊喜，而端木歪歪也表现出所有大师都具备的那种对待美女所应有的风度，他总是微笑地注视着尹小穗，举止也没有流露出他一贯的狂野和不协调。他还即兴作画，送给了尹小穗一张《无题》，尹小穗如获至宝，反复说她回家后就会裱好挂起来。

总而言之，尹小穗的这个星期天可以说过得相当圆满。

尹小穗走了以后，端木歪歪也有点累了，天才大师也是人嘛，也不能太劳累，接待了美女之后也会眼晕体乏，便比平时早一个小时睡下了。

客厅里只剩下焦阳和管静竹两个人，这时候的客厅就像散场之后的戏台，让人松了口气，又让人感到了无边的寂寥。再热闹的东西是假的，是总有一天要被揭穿的，想起来也唯有寂寥了。

焦阳说道："我不是不想告诉她，可是……"

管静竹想了想，叹道："还是等有机会再告诉她吧……我们现在需要的是忘记过去。"说完这话，她回了自己的房间，留下焦阳一个人在客厅里站了好一会儿。

在黑暗中，无论有多少无奈，他都得承认他有点嫌弃自己了。

十三

画展《8》在希陶画廊如期举行。

应该说顾希陶是一个能干的女人，她不仅能玩转媒体，还请了各路的艺术名流前来观看画展，其中有收藏家、哲学家、音乐家、儒商、服装设计师、电影导演什么的，他们看完画展以后，很自然地聚在一起恳谈，反正顾希陶备有美酒和咖啡，还有相当丰盛的点心和水果。谁都知道搞艺术的人是很感性的，他们又怎会对一个弱智的孩子吝啬溢美之词呢？

这一次的动静真有点闹大了,惊动了北京。中国残联正式发来信函,邀请歪歪到北京去参加一系列的活动,还要让他和残联的艺术团一起出国巡回表演。

管静竹在兴奋之余,也在考虑是否需要辞去工作,陪伴着儿子继续攀登艺术的高峰,而她终身梦寐以求的不就是眼前的这一切吗?现在这一切已经梦幻般地出现在她的眼前,这是多么千载难逢的机遇啊,四肢健全头脑清醒的人多的是,可他们有这样的机遇吗?没有。美术学院多了,美术学院的学子就更多了,他们同样也没有这种机遇。现在是她帮助儿子抓住机遇的时候了。

这一天的晚上,管静竹正在家里写辞职报告,天地良心,她真的一点也没有考虑经济方面的问题,因为经济问题还用考虑吗?画展《8》办得相当成功,不仅没有按时落幕,还加展了三天,说门庭若市就太俗气了,真可谓盛况空前,按照管静竹的想法,歪歪卖画的钱就足够他们娘儿俩生存的了。

所以人到了任何时候都不要算经济账,要目光远大,志向高远,这才对得起儿子旷世的才华啊。

然而也就是在这个晚上,她意外地接到了曹虹的电话,自从上次发生冲突以后,她们都刻意回避了对方再也没有联络。当听到曹虹第一声喂时,管静竹就冒出了一个她从来都不会冒出的念头,她想,就连曹虹都未能免俗,她也终于在这种时刻来跟她握手言和了。

曹虹的第一句话就是:"管静竹,你玩够了没有?这场天才大师的游戏该结束了吧?!"她的声音冷若刀锋。

听她这么一说,管静竹心里就很不舒服,但她还是压住火气回道:"拜托曹虹,歪歪有才华并不是我玩出来的,他现在火了,也不是我能操纵的。"

曹虹爆发道:"他有个屁才华呀,他就是一个普通的残障孩子,别人不知道,难道你还不知道吗?"

管静竹也一下子火了:"我知道我有一个高度残障的孩子,用不着你随时随地提醒我!曹虹,我就不明白,你是我那么好的朋友,应该替我高兴才对啊,难道我当初听你的把他丢在四塘,才是你最愿意看到的吗?"

"正因为我是你的好朋友,我才会提醒你,这是一场游戏,每个不相干的人都想在这里面扮演一个角色,都想借题发挥地说上几句,他们在利用歪歪你知不知道?!他们在表现自己!这是典型的现代版的《皇帝的新衣》,你如果也昏了头,不是太可怕了吗?!"

"问题是有那么可怕吗?你是不是把人想得太坏了?"

"这不是谁好谁坏的问题,而是在现实面前我们必须保持清醒的头脑,我再说一遍,这件事也许初衷是好的,但演变成现在这个样子就相当危险。也许你不爱听,但我还是要说,歪歪就是个普通的残障孩子,他的画也不是什么上帝握着他的手画的……媒体和商人无非是为了他们的利益在炒作,能兴风作浪大捞一把当然最好,万一有什么闪失,他们马上就可以消失得无影无踪,是不需要负任何责任的,歪歪反正什么都不知道,歪歪永远是歪歪，可是你怎么办？到时候从半空中摔在地上的人是你啊。"

"那你说我该怎么办？"

"你应该保持超常的冷静，当然这很不容易做到，但你必须这么做。不但要拒绝所有毫无意义的采访，还要公然制止这种脱离现实的疯狂。你要好好上班好好挣钱，你要给歪歪留下一大笔钱，这才是最可靠的。"

"歪歪的《无题77》，认购价已经炒到了十二万，其他的画均价也在三万左右，所以希陶画廊对行情的估计很乐观。"

"你拿到钱了吗？"

"还没有。"

"你打算下一步怎么做？"

"我正准备辞职呢，因为歪歪要出国访问，这一次是帮助残联宣传残奥会。他身边不能没人照顾。"

电话的那一头沉默了好一会儿，接下来曹虹的声音都快哭出来了，曹虹说道："静竹，你千万不能辞职，辞了职你们俩吃什么？画出来的大饼能顶饿吗？没拿到手的钱你敢信吗……我的天啊，我要怎么说你才能相信呢？歪歪不是大师，你这样的精算师才是真正的大师，你在财务方面的才华才是许多同行不能也不敢比的……你辞职，让歪歪画大饼，这不是天大的笑话吗？拜托你醒一醒，我现在真的怀疑到底是谁的智商出了问题？"

……

总之,她们的电话足足打了一小时四十分钟,尽管都是泣血心声,但是谁也说服不了谁,曹虹的举重丈夫早就提醒过她,当一个人坐上疯狂过山车的时候是不可能中途下来的,而女人总以为自己能改变真理。这一头的管静竹,由于处于极度的亢奋之中,也的确不可能把曹虹的危言耸听当回事。

第二天,管静竹就交了辞职报告。公司高层执意挽留,但她去意已定。

管静竹离开公司的那一天,天气晴好。她在公司大楼的前面逗留了片刻,内心里也还是有许多记忆、留恋和不舍。但是形势比人强啊,一个人有了运气那是山都挡不住的。

因为手里抱着一个纸箱子,她坐上了一辆出租汽车,在车上,管静竹不禁想到:我怎么是大师呢?我离开一个长时间工作过的地方还有那么多的伤感,怎么可能是大师呢?歪歪才是大师,只有对这个外部世界浑然不觉的人才可能独上高楼,成为大师。曹虹当然就更不是大师了,如果她不是出于对歪歪发迹的嫉妒,那就是她已经平庸得太久,缺乏想象力,更跟这个丰富多彩的世界完全脱节了。

然而,谁又能想到,此时的一声叹息后来变成了管静竹内心深处的伤痕,时时隐痛。她不止跟一个人说过,当你在生活中彻底迷失了方向,请记住,通常最难听的那句话才是你最真实的处境。

多少年来，管静竹都是很相信"眼见为实"这句话的。这一次也一样，歪歪的作品得奖，顾希陶的来访，希陶画廊，报纸上登出的歪歪的画作和评论，美院附小，企业家，民政局，残联等单位的介入，每一件事都是她所亲身经历的，都是她亲眼所见。它们就像雨后的彩虹挂在天边令人欣喜。但她万万没想到曹虹的话如同咒语一出，便是天旋地转房倒屋塌，就像冥冥之中有人魔杖一挥，彩虹连同一切美好的东西立刻化作遍地瓦砾。

原来，亲眼所见的东西也是不能相信的。

这件事发生的极其偶然和草率，完全没有预谋。一位旅美的真正的大师级画家路过本市，他的名字可以说是如日中天光芒四射，其作品价位也是活着的大师中排名很前的，他的许多经典作品被人们用各种方式仿照，印刷品、文化衫、烧瓷甚至直接仿真的假画比比皆是，他的确是人们公认的伟大的画家。除此之外，尤其要提的是大师的谦虚与风范得到了媒体和公众一致的发自内心的尊崇与折服。也就是在大师接受记者采访的时候，有好事的记者拿出端木歪歪的画请他过目，记者们没有告诉大师有关歪歪的任何一点背景资料，只是希望大师公正地评价《无题》的水准。

大师想了想，说道，我看这就是一个智商不高的孩子的信手涂鸦吧。

此言一出，万马齐喑。

国人素有相信权威的习惯。第二天，所有的报纸都刊登了对大师的专访，可以想象，端木歪歪制造出来的神话就此完结。

顾希陶把歪歪全部的画作还给了管静竹，当然一张也没有卖出去，但是顾希陶还是很大度的，她对管静竹说，市场就是这么残酷，不以人的意志为转移，我这盘生意也不可能只赚不赔，认吧。顾希陶走了以后，管静竹心里充满了内疚，她觉得实在对不起这个漂亮的女人，顾希陶可以说是出尽百宝，但却画了一个圆圆的零。接下来的事就更是纷纷泡汤，美院附小的教务主任说由于歪歪生活完全不能自理，他们是爱莫能助，只有收回学位了；答应给歪歪成立工作室的企业老板干脆换了手机；北京方面传来的消息就更邪乎，说是残联来信是几个骗子冒充的，他们已用歪歪作幌子拉来了不少赞助，目前案件还在审理之中。

端木林当然没有真的去法院告管静竹，对于歪歪的抚养权，他现在哪怕是十分之一百分之一都不想要了，这是显而易见的事。他再也没有跟管静竹有任何联系，又像缩头乌龟那样过他自己的小日子去了。

管静竹欲哭无泪。

管静竹更恨曹虹了，她不认为曹虹掌握着真理，她认为她是天字第一号的乌鸦口，把他们家咒得一团漆黑。

最要命的是她连饭碗都丢了，曹虹说得一点错都没有：辞了职你娘儿俩吃什么？

没有比不幸被人言中了结局的事更让人觉得窘迫和

悲凉的了，一连数日，管静竹把自己关在家里闭门不出，人也不梳不洗像鬼一样。焦阳见状，只得在双休日自己去星星索康复中心接歪歪回家。

星期天，沉浸在爱河之中的焦阳去菜市场买了鱼和排骨，还有许多菜，他决定做一顿饭以示安慰受到了重创的管静竹和歪歪。本来他是不会做菜的，但在大排档打工看也看了几手，应该不是多么困难的事。日上三竿，管静竹的房间一点动静也没有，焦阳便一个人在厨房里又洗又涮，这时歪歪醒了，他又跑去给歪歪穿衣服，洗漱完毕之后，他对歪歪说，大师，我要给你做饭，你就开始画画好不好？歪歪想了想，好像他听懂了他的话似的，自己爬到凳子上去正襟危坐，焦阳急忙给他铺纸、拿笔，然后像以往那样说了一句大师画吧。

此时的歪歪依旧一动不动地坐着，目光藐视地看了焦阳一眼，焦阳忙说对了，还有音乐，大师，音乐马上就来。

焦阳刚要起身去放音乐，只见管静竹突然从她的房间里冲出来，她头发凌乱，睡衣不整，看上去像一只发怒的母狮，她扯着沙哑的嗓子冲着焦阳吼道："你别一口一个大师行不行？我恨这两个字！我对两个字有生理反应，我会头痛、发烧、歇斯底里、神经衰弱……总之你再提这两个字你就给我滚得远远的！"

焦阳当时就傻了，端木歪歪也傻了，尽管他不知道这个世界发生了什么事，但是他从来没有见过妈妈会成为这个样子，他惊恐万状地看着管静竹，整个人屏住呼吸，手上的画笔也掉到地上去了。

管静竹还嫌不解气，她一个箭步冲到歪歪面前，把桌上的纸、笔、颜料、洗笔用的清水等等统统划拉到地上，并且恶狠狠地说道："别画了，还画什么画！画什么画！！"

端木歪歪陡然间大哭起来。

焦阳冲上去抱起歪歪，忍不住也冲着管静竹大吼："难道歪歪不是我们家的大师吗？难道他不是大师吗？为什么别人说他是大师他才是大师，别人说他不是他就不是了，在你那里也不是了？他从头到尾有什么错？他一直都在画画，人家说他不是大师了他也画，难道这还不是大师吗？在我看来谁都不承认你，可是你还是照做你的事的人就是大师，歪歪就是大师，就是！"

管静竹带着哭腔闭着眼睛喊道："你说了不算！你以为你是谁呀？！"

焦阳硬邦邦地回道："谁说了也不算！"他扔下这句话，背起歪歪就走，他说："走吧歪歪，我们去吃麦当劳。"

房间里安静下来，管静竹一动不动地站在原地，像被电击了一样。

好一会儿，忍了很久很久的泪水终于夺眶而出。管静竹走到窗前，看着焦阳背着歪歪远去的背影，更是泣不成声。

这天晚上,曹虹来看管静竹,管静竹见到她没好气地说道:"你来干什么?"

曹虹更没好气道:"我不来看你,你以为还会有人来看你吗?"

管静竹下意识地抽了抽嘴角。

曹虹道:"你别笑啊,吓人。"

管静竹道:"你说我还能回原单位吗?"

曹虹道:"刚出来两个礼拜就回去,脸往哪放?"

管静竹不吭气了,心想,我现在哪还有脸?恐怕早已成为全城人茶余饭后的笑料了。

曹虹道:"工作的事还好说,像你这样的会计师不愁没人要,只是有些事你要想开点,别放在心上。"

管静竹道:"你也不用这么善解人意,骂我一顿我还好受一点。"

曹虹叹道:"撞上南墙还知道回头,那你还是管静竹吗?走吧,咱们出去做做头,再吃点东西。你看你这个样子,像从坟墓里挖出来的。"

她的话令管静竹的内心一阵温暖,在此同时,焦阳的话也音犹在耳,她想,焦阳是对的,如果歪歪在我的心中是大师,那我又有什么可失落的呢?想到这里,她换上了出门的衣服跟着曹虹走。

两个人从美容美发厅出来,也算是一扫晦气。

她们去了南北食街,管静竹一连吃了四碗菜肉馄饨。曹虹忍不住说,你到底几天没吃饭了?管静竹由于馄饨占着嘴,伸出了三个手指头。曹虹只好说那你慢慢吃慢慢吃。

这件事过去了一段时间以后,有一次,管静竹问曹虹,她说我就是闹不明白,你生活得那么幸福,为什么看人看事那么冷静,有时还有些残酷。可是我生活得还不坎坷吗?为什么我还是那么轻信和梦幻呢?曹虹想了想说道,你忘了我是一个运动员出身,运动员所面临的大起大落就是冷酷无情的,不管你曾经多么风光,多么被外界看好,只要今天你从平衡木上掉下来了,你就什么也不是。记得有一场比赛我没有拿到名次,下飞机的时候没有一个人理我,领导、记者都围着有名次的人,我一点也不伤心,因为你没有名次人家围着你干什么?你去年有名次那是去年的事,跟今年有什么关系?

所以我很小的时候就知道,这个世界是没有神话的。

但是你不同,曹虹继续说道,静竹,也许你的生活中太需要希望和幻想了。

管静竹叹道,我是不是没救了?

曹虹答非所问道,我就是想看一看,最后到底是我说服了你,还是你感动了我。

这话也算是一语成谶。

十四

自从尹小穗跟冷公分手以后,她的父母就开始频繁地给她张罗着相亲的事,尹小穗是父母的乖乖女,开始还能勉强应付，见面就见面，事后再找个理由推说不行，但是多了也就烦了。

父母亲说，别以为你漂亮就不愁嫁，告诉你，剩下的全是漂亮的，嫁不出去的也全是漂亮的，女孩子岁数一大就不值钱了。尹小穗说，我上学的时候你们可不是这样说的，你们说只要学习好什么都不用发愁，那时候我晚回家十分钟你们都要审讯我，生怕我跟男孩子接触，现在倒把我往外推了。

父母亲说不过她，但是相亲的事还在继续，终于把尹小穗搞烦了，尹小穗就向父母亲宣布她有男朋友了。

不过焦阳的情况很是让尹小穗的父母亲失望，他们说，难道你们就靠这样打零工生活吗？尹小穗当即被问得哑口无言。事后便跟焦阳商量，尹小穗说，反正我有一个大专文凭也够用了，不如你不要再去大排档打工了，利用这点时间上个补习班什么的，学点东西将来准能派上用场，钱不够的话我愿意把我打工的钱拿出来供你学习。

焦阳觉得这也是个办法，否则极有可能永远被尹小穗的父母拒之门外。回去之后他便与管静竹商量学什么好，是当大厨还是当美发师？管静竹想了想说，要不然你就学财会吧，我还能利用休息时间教教你。

管静竹目前找到一家新的公司上班，这个公司的业绩不错，是专门经营各种饲料的，管静竹还是做财务总监。

焦阳说，我这样的人能做财会吗？管静竹说怎么不能？你不是说这个世界谁说了都不算，就咱们自己说了算吗？这话让焦阳颇受鼓舞，于是他就不去大排档打工了，并且报了一个财会班，每天晚上到夜校去上课，只见所有的教室都是满满的，其中还有再就业工程什么的，总之上课下课的途中，挤在老老少少的人群里，他的心情却是暖洋洋的。

晚上回到家中，他就在餐桌上做作业，管静竹也会给他开开小灶，告诉他一些记账对账查账方面的实战经验。有一次焦阳打算盘打烦了，就说现在都有计算机了，真的还要学会打算盘吗？管静竹说，哪有财会人员不会打算盘的，这是基本功，你还是好好练吧。

并且，管静竹还教给焦阳一种双手打算盘的方法。

这件事让尹小穗松了口气，她觉得对父母也算有交代了，便喜滋滋地告诉父母焦阳不但去补习班，还是成绩最靠前的学生之一。没想到父母亲的反应相当冷淡，他们说他早干啥去了？现在才想起来学习，等他学出来，天都亮了。而且你这样正规的大专生都找不到事做，补习班的单科文凭又有什么用？

尹小穗的父母亲根本没理她这个茬儿，反而加快了给她介绍对象的频密度，这就激怒了尹小穗，她与父母之间的争吵也在升级。

有一天晚上，管静竹把公司没做完的账拿回家来做，焦阳则坐在她的对面做作业打算盘。这时有人敲门，他们不约而同地看了挂钟一眼，已经是晚上将近十二点钟的时间了。打开门一看，竟然是尹小穗。

尹小穗满脸都是泪痕。

原来，晚上她跟父母亲又吵起来了，起因是他们托人给小穗找了一个对象，是在外企上班的，各方面的条件都相当不错，父母亲满意得不得了。尹小穗当然还是不动心，这样就吵了起来，结果父母亲说如果你一定要跟那个上补习班的人好，我们就断绝关系。尹小穗也是在气头上，就说断绝关系也不会嫁给这个像女人似的外企白领。

尹小穗对管静竹说，你不知道这个人的脸有多么珠圆玉润，一根胡子也没有，吃饭的时候用纸巾擦嘴还翘着小指头，我真不知道我爸我妈是怎么看人的。

尹小穗还说，她今晚就把自己嫁给焦阳了。希望管静竹能理解她，她真的不是随便或者不自爱的女孩。说这话的时候她又哭了。

虽然焦阳一直也没有吭气，但是他的胸脯一起一伏的显然是很激动。

管静竹给尹小穗倒了一杯热水，叫她先冷静下来，有事可以慢慢商量。尹小穗说还商量什么？反正我今晚哪儿也不去了，我就是不明白他们为什么要逼我跟我不喜欢的人在一起，我就是不明白。

管静竹到洗手间给尹小穗拿毛巾，焦阳就跟在她的身后，管静竹说你打算怎么办？焦阳说不知道。管静竹说，这场戏我有点演不下去了，我们总不能一块骗她吧。

焦阳无话可说。

管静竹叹道，她还真是一个好女孩呢。

焦阳又沉默了片刻，才说，你叫她先回家，过两天我一定跟她谈。

管静竹一直等到尹小穗发泄完了，真的平静下来了，才对她说道，小穗，你爸爸妈妈不管做了什么都是为了你好对不对？我相信不管你做了什么你爸爸妈妈也会原谅你的，可是焦阳怎么办？焦阳以后还是要面对他们的，可他们只会恨他，如果你爱焦阳，你希望他们恨他吗？尹小穗摇了摇头。管静竹说就是呀，你们好不是随便玩玩的，是要过日子的，血缘关系难道是说断就断的吗？所以你必须给你爸爸妈妈一点时间，让他们能够接受焦阳。

她停顿了一下，又说，你也要给焦阳一点时间，以便更了解他。

尹小穗说那我现在应该怎么办？管静竹说要不让焦阳送你回家，你爸妈看见焦阳把你完好无损地送回了家，至少会给他们留下一个好印象吧。

焦阳和尹小穗的目光对视了一下，好像目前也只能这么做了。

于是，这个晚上，差不多都凌晨两点了，焦阳把尹小穗送回了家，她的父母亲当然都没有睡，坐在客厅里准备报警。他们没有把焦阳让进屋，焦阳也只是叫了一声伯父伯母，之后就只好转身回家了。

这件事以后，尹小穗的父母便不再像以前那么热切地给她介绍对象了。但是对于焦阳，他们还是坚决不同意。尹小穗的母亲还说，不看不知道，一看才发现他脸上有一道那么长的疤，简直就是残疾人嘛。尹小穗的父亲说，他那天胆敢不把我的女儿给送回来，我就告他流氓罪。

尹小穗父亲的话还是把焦阳吓了一跳，不觉又挑起他的那块心病。危机过去之后，原来的问题如约而至，焦阳觉得自己已经无处可逃。

星期六的晚上，焦阳没有课，尹小穗也不当班，他们来到一个名叫"忘了"的酒吧，点了饮料之后，尹小穗说道："焦阳，你不是说有重要的事情要跟我说吗？"

焦阳停顿了片刻，他的确是想谈一下自己的事，而且尹小穗对他的感情越是不留后路，他就越觉得必须告诉她实情。可是他的话一出口，却变成了："小穗，要不然我们俩的事就算了吧……"

尹小穗瞪大眼睛道："你说什么？你说算了？你害怕了？"

焦阳忙道："这不是怕不怕的问题……"

尹小穗一下就火了："那是什么问题？我看是我有问题，我都冲到你家去了……现在你跟我说算了？行啊，那就算了呗。"说完她拎起自己的包就要走。

焦阳一把拉住她，道："我是看你家里反对得太紧要了。"

尹小穗道:"他们反对他们的,我这儿还没动摇呢,你怕什么?"

"可我也没有你想象的那么好……"

"你就说你喜欢我是不是真的吧。"

"当然是真的。"

"那就行了,别的我也不想知道那么多。"

两个正聊着,尹小穗的小灵通突然响了,她妈妈打电话来,说小穗的爸爸在超市买东西的时候摔了一跤,以为没大碍,结果一拐一拐回到家后,不仅痛得厉害,膝盖部位还肿得老大,干脆下不了地了。

于是,焦阳便陪尹小穗回家,这一次是焦阳派上了用场,他背着小穗的爸爸上出租车,下出租车,到了医院更是要上楼,下楼,拍片子,到骨科,到理疗科,到中医科,到换药室等等,这些科室之分散,排列的位置之不科学简直令人发指。八楼办完的事必须要回一楼,然后才能去七楼办,总之焦阳一句话也不说,只是像毛驴一样驮着小穗的爸爸跑来跑去。

人心都是肉长的,尤其身处劣势的时候,更容易放大了亲情。比如说外企的白领,想一想都知道他不可能这样对待你,你也不会如此这般地去麻烦他。然而生病又是实实在在的事,人也只有在生病的时候才会发现原来自己的生命同盟少之又少,大部分的熟人朋友无非都是你健康时期的快乐同盟而已。

所以打这以后，尹小穗父母对待焦阳的态度便是不反对，但也不鼓励不支持，一切听其自然吧。

这样的结局虽算不上最好，但是对于年轻人来说也算是紧绷的弦有所松动，于是尹小穗和焦阳还是决定要庆祝一下。他们打开旅游线路图，决定去一个名叫黑岩村的古镇，传说中这是一个胜似桃花源的地方。

星期天的上午，焦阳和尹小穗坐了将近四个小时的专线车，才算到了黑岩村。黑岩村真是少有的宁静，时间好像停顿下来了，这里最有特色的便是岩洞和竹林，呆在里面，有一种与世隔绝再也不去想那些发愁事的欣慰。岩洞里很黑，道路崎岖不平，岩壁上照明的灯泡老远才一个，并且昏昏暗暗，所以在岩洞里，尹小穗的手一直在寻找焦阳的手，不愿意有片刻的分离。尹小穗说，出来走走真好，要不我就变成国美电器商城的一只蝙蝠了。焦阳虽然没说什么，但是内心里明白自己有着双重的压抑，也在黑暗中长舒了一口气。

出了岩洞便见竹林，竹林稀疏却长达数里，他们一路走着，两只手再也没有分开。

竹林的尽头便是村舍，随便到了谁家，家人都会招呼你喝麦粥，无所谓主无所谓客。麦粥是粟米磨成粉后煮的，不放任何作料，只喝它的香滑甘甜。喝粥的时候，四周环绕的青山里传来高一声低一声的对歌，依依呀呀的平铺直叙，犹如诵经，却也有一种原始的古朴和诚挚。歌词听不清楚，偶尔会听清郎阿妹的，自然就是情歌了。

村民们家家都挂毛主席的画像，供奉得很是周到，但是旁边也会挂港台明星的海报，算是一样的深入人心。他们与乡亲聊着闲话，无非是一些长寿良方，或是火龙节，或是贵儿戏，随便一个精干的老人坐下来，便告之已有九十八岁。尹小穗和焦阳都觉得果然是到了世外桃源。

等到他们意识到时间的存在，天已经全黑了，村舍隐没在丛山之中。他们告别了乡亲，赶回桥头镇，专线车的末班车已走掉两个多小时了。

他们只好去找旅馆，所谓旅馆也是人为设计的茅草房，号称是星级标准，有独立的洗手间。一排八间房之中夹着公用食堂，食堂里灯火通明，门外有一张乒乓球台，有些年轻人围在那里吃饭、下棋。尹小穗和焦阳喝了一肚子麦粥，也就不想再吃什么了。

他们当然只开一间房，各自洗完了澡睡在一张床上的时候，觉得今天所发生的一切都是再正常不过，再欢愉不过的，正是因为正常和自然，也就变得十分美好。尤其是尹小穗，她觉得这个晚上发生什么或者不发生什么一样美好。

焦阳也觉得这个晚上非同一般，即将发生的爱情一定是惊天动地的。

不过这个晚上什么都没有发生。

问题出在焦阳身上，在此之前焦阳并不知道会发生什么，只是当尹小穗与他接近到就在他的怀抱之中的时候，他突然感到一种身心分裂的剧痛，他甚至听到了体内慢慢撕裂时发出的声响，以往的一切如同海啸一般排山倒海地向他袭来，并且不由分说地把他卷进黑暗。他已经不记得他曾经跟多少女人有染，不管是饥渴还是变态的女人，总之他从来没有因为爱去做那件事。那时他觉得一切都可以挥霍，一切都可以换饭吃，一切也都是可以雁过无痕的。但是现在看来他必须为此彻底地付出代价。

他其实是什么都不能做的，他越是深爱着自己怀抱中的女孩，他的身体就越是毫无动静。他根本不相信会有这种事情，所以他紧紧地抱住尹小穗，发疯一般地亲吻她，他感觉到他的血脉偾张，也感觉到内心的澎湃激情，只是他的身体依旧是风平浪静的。

焦阳始知，爱是一种能力，而他的这种能力在他十二岁的时候便已"净身"，他苦心挣扎所能改变的只能是他的行为，他可以变得文明、驯良、有耻辱感，但是他的内心可能永远是坚冷的，这种坚冷不是他想改变就能改变的。

也许尹小穗白天玩得太尽兴了，也许她觉得焦阳是一个有自制力同时又疼惜她的男孩，所以她很快感到了困乏而睡去，她睡得十分安心并且面带笑意。她身边的焦阳一夜未眠。焦阳不时地望着熟睡中的尹小穗，他想，这个女孩跟他有什么关系呢？

他们原本是没有关系的，以后也不会有任何关系。不管尹小穗今后的人生是什么样子，他的人生都应该是死在别人的乱刀之下，很难看但也很真实。

这让他想起了一个平淡的故事，一个日本人在大地震中失去了所有的亲人，对于这样的人有一个统称叫作幸存者。幸存者是在二十年后死去的，他郁郁寡欢地死在他的寓所里，两三个月之后才被人们发现，没有人知道他在有生之年是怎么苦苦挣扎的。一个人就是一个世界，那是别人根本不可能到达的幽深之处。只是，对于那个幸存者来说，这和他在地震中死去又有什么区别呢？

焦阳不知道他碰上了管静竹是幸运的，还是一种更深刻的绝望？如果反正都是淹死，就不要让他看到岸。

十五

管静竹服务的新公司全名叫做：中南大豆王饲料有限公司，总经理叫王斌，是个四十五岁的中年男人，他看上去粗生粗长，人也黑得厉害。猛一看像农民工，仔细一看比农民工还农民工。但其实王斌不仅是北京人，还是农业大学毕业，为人处事相当机敏，行内人都叫他王大豆。

一开始，王斌对管静竹几乎毫无印象，因为对于民营公司来说来人走人是很正常的现象，而王斌一年有大半的时间在下面各个农业基地辗转，在他的印象中公司总有些生面孔。加之管静竹又没有惊艳的容貌，不止王斌，公司大部分人对她也是视而不见。

工作了一段时间以后，管静竹发现了一个秘密。

大豆王下属的若干分公司所呈现出来的财务状况都还正常，只有一公司和三公司之间的账对不平，一公司账上的资金比较多，三公司向一公司借钱，一借就是上百万，借了又不下账，管静竹提了几次，下面的财会人员神情都是讳莫如深。经过仔细了解，管静竹才知道三公司的经理是王斌的妹夫郭宏伟，而王斌对他唯一的妹妹王梅疼爱有加，基本上是说一不二，她一会儿搞化妆品，一会儿搞服装，搞什么砸什么，王斌却说这些都是小钱，让她玩玩没关系。

可以理解的是对于民营公司的裙带关系，谁都不想涉入过深。

有一次，三公司又到一公司开了一张四百万元的支票，尽管同时三公司也向一公司回款一百万元，算是平了前面的账，这头的四百万又不下账了，管静竹也还是觉得差距太大，她有点坐不住了，便找曹虹商量，要不要把这件事告诉王斌。

曹虹说道："没准王斌知道呢？"

管静竹道："我敢担保他不知道，公司账面上以前有不少漏洞都是他签的名，他根本就没细看，而且对此一窍不通。"

曹虹道："我看你还是别掺和他们家的事，人家到底是一家人，你这么一惊一乍的是不是有点小题大做？"

管静竹道:"可是万一出了什么事,我也一样逃不掉监管的干系。"

曹虹想了想说道:"这恐怕就是上一任财务总监辞职的原因。"

管静竹道:"我说了又能怎么样呢?"

曹虹道:"那他妹妹妹夫还不恨你?早晚也是把你挤走。"

管静竹道:"那就算了?"

曹虹道:"不算了你还能怎么样?我看你还是多替自己想想吧,赶紧找个人嫁了,也能分担一点你的压力,人生总不能一直错位下去,别忙不到点上啊。"

管静竹离开的时候,曹虹把她送出去老远,一再叮嘱她说:"我看这事一点都不复杂,为什么人家宁肯辞职都不把事情点破?我看这其中肯定是有原因的,你才去公司几天?还是看看再说吧,千万别逞能。"

管静竹边听边点头。

回到家后,管静竹想了一晚上。

她想,我有什么可逞能的,我是拿人钱财,替人消灾,身为财务总监总不能不负责任吧。看来责任这两个字是要害她一辈子了。

过了几天,王斌从生产基地风尘仆仆地回来了,管静竹来到他的办公室,还是把她所发现的情况向王斌作了汇报。王斌当时表现得十分镇定,他说:"这件事我知道了,不过你也不要扩大影响,等我去了解一下情况再决定怎么处理。"

管静竹离开办公室的时候,王斌在她的身后问道:"你就是新来的财务总监管……管……管……"

"管静竹。"

"对对对……"王斌拍了拍脑门,挥了挥手示意管静竹可以离开了。

管静竹走了以后,王斌马上就给王梅打了一个电话,王梅说她根本不知道这事,反正她每次都是小投资,二十万左右的事她就直接跟王斌要。

王斌这才意识到事情的严重性,便自己亲自出马下去调查,不查还真不知道,郭宏伟利用各种形式动用公司的款项何止四百万,前前后后累计起来已经超过千万,倒也不是他自己拿出去乱花,都是帮他的家人做生意了,他父亲分别做过两次大的投资,一次是承揽高速公路连带土方的工程,还有一次是购买一家大型超市的经营权。但结果两次的投资都因各种原因失败,资金也就拿不回来了。

郭宏伟的事情暴露出来以后,王梅坚决要跟他离婚,他一下就翻脸了,找到王斌大吵。王斌说你做了错事你吵什么?郭宏伟说你当初筹建大豆王的时候,我是立下过汗马功劳的,你当时也说给我干股,那你现在就把干股退给我吧。王斌说我没有追究你的刑事责任叫你离开公司,你知道这是多大的面子吗?你还来跟我谈股份?就是分股份你也分不到上千万吧?!

他们两人吵得不可开交，王梅一天到晚也是哭哭啼啼的。

老实说，郭宏伟在公司还是有点人缘的，他为了自己办事方便也会出血拉拢人心，所以身边的人多多少少都得到点他的恩惠，也有人是跟他一起拼杀出来的，在公司已是一损俱损一荣俱荣的局面，失去郭宏伟就等于失去靠山。总而言之这件事被管静竹捅破以后，有些人的好处也就到此为止，他们当然对管静竹心存怨恨，嫌她多事，对她也就爱答不理，有一次搞聚餐谁也不叫她。曹虹的想法总是能代表大部分的民意，公司就是有许多人觉得管静竹逞能，充大个儿包子，无非想让人刮目相看，但是我们就不对你刮目相看。

自己捅了马蜂窝，管静竹也不敢再去找曹虹了，前任的财务总监肯定是预料到了公司里盘根错节的矛盾，才选择离开的。

最让管静竹心生内疚的是王梅和郭宏伟真的离婚了，好好的一个家庭等于是被她亲手拆散的。别说别人不能原谅她，她自己都没法原谅自己，比起破掉一桩婚姻，一千万又算得了什么呢？再说人家又没有去赌钱玩女人，投资失败而已。公司里还有人说，王斌的做法是不是有点太小气了？

种种这般，管静竹是待不下去了。

她给王斌打了辞职报告，王斌看也没看就把辞职报告撕了，他说："你不能走。"

管静竹像霜打了的茄子,她低声说道:"对不起。"

王斌道:"没什么对不起的,我再说一遍你不能走,赶紧上班去吧。"

郭宏伟最终还是离开了公司,当然王斌也没有告官,离婚之后的王梅远走他乡去了河南做小煤窑的生意。这场风波平息之后,王斌就开始琢磨起管静竹来了。

王斌这个人有一个最大的特点就是务实,用王梅的话说他务实已经务到了令人发指的地步。王斌的老婆是得乳腺癌死的,这个女人一点也不漂亮,温柔贤惠就更谈不上,她就是能干,肯吃苦,而且文化程度也不高。在大豆王公司草创初期,她是加工车间的主任,带领一班工人干活,经常代表工人的利益去和王斌谈判,脑袋条理清楚,说话有理有据。王斌搞来搞去搞不过她,最后想到让她成为自己的老婆不就万事摆平了吗?

王斌的老婆给他生了一个儿子叫王豆豆,今年准备考大学。

王斌的老婆过世已经三年多了,但他一直也没有再找。以他自身的条件,找个年轻漂亮的根本不成问题,但是他很有自知之明,年轻漂亮的女孩肯定是来享福的,难道会跟他下生产基地不成?而他的公司经营的不是鸡饲料就是猪饲料,又不需要什么花瓶,所以还是省省吧。

现在公司突然冒出来一个管静竹,这个女人以她的单薄之躯还敢大义灭亲,这就不能不叫王斌对她另眼相看。王斌了解到管静竹是一个单身女人，而且单身好多年了，这说明她是个稳重的人，他自己一年到头不在公司总部待着，如果有一个这样的女人看家，自己岂不是一百个放心。

王斌开始注意管静竹了，以前他从来也不到财务部去，现在没事就过去看看，他观察到管静竹总是在认真做事，就算他来了她也不怎么抬头。她专心致志的样子颇让人心动，原来她也是很有几分姿色的。

他还观察到管静竹的身材也很不错，微微偏瘦，惹人怜爱。

经过了一周的观察和考虑，王斌决定娶管静竹，他想这样的事还是开门见山为好，第一开门见山本身就是他的风格，第二，开门见山的好处是省去了许多精力和虚招儿，花钱是一回事，坐在那里装腔作势也不是他的强项。

有一天下班之后，王斌让管静竹去他的办公室。管静竹去了以后，王斌对她说道："小管，其实我对你的印象挺好的，郭宏伟的事情你不要放在心上，以后有什么事直接向我汇报。"

管静竹答应了之后，王斌就没话说了。

管静竹说道："王总，你要没其他事我就先走了。"

王斌忙道："别走别走，我当然有其他事了。"

管静竹站住了，两眼清澈地看着王斌。

王斌说道："你坐嘛，这件事我一句话两句话还说不清。"

管静竹找了张椅子坐下来,依旧是两眼清澈地看着王斌。

于是王斌打开了话匣子,开始讲自己的经历和家庭,讲他的发家史和他过世的老婆和现在还在上学的孩子。

讲完了这一切之后,管静竹还是看着他。其实管静竹的脑子拼命在转,她想不通王大豆跟她讲这些干吗?

王斌好像知道她是怎么想的似的,果然就问道:"小管,你知道我为什么要跟你讲这些吗?"

管静竹摇了摇头。

王斌说道:"我要跟你建立恋爱关系。"

管静竹以为耳朵出错了:"什么关系?"

王斌道:"恋爱关系,而且是有婚姻指向的,这事只要定下来,我也不想拖太久。"

管静竹的脸板得跟算盘似的,微皱着眉头道:"这件事肯定不行。"

王斌道:"为什么不行?"

管静竹道:"没有什么为什么的,不行就是不行。"说完就起身离去了。

王斌心想,管静竹一定是被这从天而降的喜讯给砸蒙了,她肯定不会一下子就相信有一个身家上亿的老板这么果断地看上了她,而且不是玩一玩,是要结婚的。等她回到家,洗完了澡,吃完了饭,在这个过程中她一定会醒悟过来她碰上了多么不可思议的事。

然而一晃数日，管静竹那头一点反应也没有，她就像什么事都没发生过一样，上班，下班，而且王斌还发现，公司里有一些人在孤立管静竹，故意给她难堪，她其实完全知道他们在干什么，但是她并没有到王斌那里去告状，只是默默忍受着这一切。直到这时王斌才发现，管静竹正是他冥冥之中想要寻找的女人。

男人就是这样，不管自己多现实，寻找猎物的时候也还是有传统标准的。

对于王斌的想法，管静竹觉得特别可笑。因为王斌的长相就让所有的女人没想法，管静竹当然也就没想法。而且，管静竹心想，就是退一万步说真有这么回事，那公司的人肯定说怪不得她要做人家的看门狗，原来他们还有这一层关系。这种话管静竹可不爱听，虽然她是一个经常把事情搞糟的人，但是她仍然坚持做人不改初衷。

当然，这一切都是说得出来的理由，说不出的理由是她拖着一个歪歪，对于这样的现状连端木林都没法忍受，何况是不相干的男人？到时候弄得满城风雨，人人都对她的私生活了如指掌，其结果一定是那个男主角跑掉了，那真是何必当初。

王斌想不到整件事就这样冷了场，非常大感不解。他又没人商量，平常但凡有点事就是跟他的司机小丁商量。王斌的车是一个大型的三菱吉普，小丁人很高大，算是他的司机兼保镖。但小丁是一个粗中有细的人，也很善于揣摩老板的想法。王斌问小丁要不要给管静竹送花？小丁说那可太不像你做的事了。而且，小丁还说，管静竹这个人一看就是又死板又不贪财的女人，这种女人最难搞，你要送她东西尤其是贵重的东西那你就是侮辱了她，她死都不原谅你。王斌急道，那我们怎么办啊？小丁道，王总，你再想一想是不是非得跟她好？王斌说你这是什么意思？我老实告诉你，她不答应我我更想跟她好了。小丁说那好，那我就去搞掂她。王斌说你不要胡来啊。小丁笑着说我就是胡来也不会找这样的女人，王总，管静竹这样的女人只有你喜欢。

　　过了几天，有一个晚上，管静竹在办公室加班。走出公司的时候天已经全黑了，只见王斌的车在门口等她，王斌并不在车上，小丁说是老板派他送管姐姐回家，因为现在治安也不那么好。

　　在车上，小丁就跟管静竹聊王斌，小丁说我给老板开车好多年，我对他太了解了，他这个人有两个最大的优点别人都看不到，但是我觉得十分可贵。管静竹不说话，但是耳朵不知不觉竖了起来。小丁不紧不慢地说道，他这个人首先是实干，在这个世界上有实干精神的男人并不多，都想靠打打电话拉拉关系赚钱，但是老板从不这样，他就是靠闷头干活，一拳一脚打下的江山，这种人是非常可靠的。其次，他这个人一点也不花，其实但凡是男人都有点花花肠子，何况他又那么有钱，但是老板不玩这个，他的想法也很实在，有一次我们去香港跟外商谈事,晚上有人提议去红灯区玩"三明治",三明治就是两个女人同时陪你玩,老板说那要多少钱?人家开价是每人五千块港币,老板说那我得种多少豆子才能挣回这个钱啊。

小丁的话算是把管静竹逗乐了。管静竹说那又不是他不想去,而是他舍不得钱。小丁说舍不得钱也好啊,总之他能把自己拴住就行。而且他这个人还真是有情有义呢,他老婆生病足足生了六年,前前后后又开刀又化疗,他一直都是陪伴左右,不离不弃,直到把她送走。这样的男人可真是不多了。

管静竹没有再说话,眼睛一直望着窗外,六年,她想到,端木林走后的六年也是她最艰辛的日子,通常是经历过苦难的人才会对苦难有所怜悯。为什么会有这么巧合的事,难道这就是缘分吗?管静竹的心弦微微颤了一下。

日子一天一天地过去,管静竹那头还是一点动静都没有。王斌心里没着没落的,小丁的嘴也没那么硬了。小丁说,按照我的经验,这样的女人最喜欢的是高尚的品格,所以我就一直夸你的品格高尚,不可能不起一点作用啊?王斌说,你有什么狗屁经验,上回你跟一个女孩泡吧,你老婆拿菜刀劈你,把皮夹克劈烂了剪成了皮背心,那叫一个现眼,有关感情的事,我怎么能相信你呢?

从此以后,王斌坐车时便一言不发。小丁说道,王总，想招儿呢？王斌没好气地说，没招儿。

王斌回家照镜子，心说，我真的就这么差吗？难道我有钱也没用吗？不过他又想，这谈恋爱跟做生意一样，得抓住时机，只要抓住了时机，就没有办不成的事。豆子不熟不是着急也没用吗？

所以他也暂且按兵不动。

终于有一天，下午一点多钟，管静竹一个人从她平时经常出入的银行走出来，以往，她总是很小心，叫部门的两个男同事陪她来去。这一次因为现金不多，只有二十多万，加之暂时没有空闲的人陪她，所以她就一个人来了，她想只要小心一点应该不会有什么事。

她取了二十多万的公款，手提包一下子变得沉甸甸的了，出了银行的门，她东张西望，确定没有发现可疑的人，这才小心翼翼地往马路上走去，她想只要走上马路搭上计程车，人就安全了。

就在她走上马路准备搭车时，突然她的耳边一阵马达的巨响，不等她转过身来做出反应，只见一辆摩托车疯狂地冲到她的面前，坐在后座的那个男人一把抢过了管静竹手中的提包，但被管静竹奋勇地抢回，那个人手里只剩下提包的带子，偏偏这两条带子出奇地结实，如此猛烈地推拉也没有发生断裂，这样一来，如果管静竹不松手丢掉提包，人就势必被行驶中的摩托车带倒。事实上，摩托车的高速已经把管静竹带倒了，她双手紧紧抓住装着现金的提包，前胸贴着地面被拖出去老远，这时街上的人都傻了眼，齐声大叫："松手！""松手！！""要出人命了！！"不知是叫管静竹松手，还是叫窃贼松手。但反正管静竹死都不松手，后来她说她的想法也很简单，这是公司的钱，我要是松手我还说得清吗？

摩托贼碰上了这么死心眼的人，也是真没办法，最后只好弃包而逃。不过他们的摩托车牌是假的，有多少目击证人也抓不到他们。

管静竹前胸、大腿处的衣裤磨得稀烂，身体的这些部位也是青紫淤血，大面积的划伤。但她的两只手还是死死抓住提包，直到打电话叫来了部门的人，把钱交出去之后才痛昏了过去。

王斌是在跟客户谈生意的时候听闻此事的，当即神色大变，他离开了酒楼，拼命地往医院赶。小丁提议说，我们买一个花篮吧。王斌说去去去，等我见到了人再说。

王斌一个箭步地冲进管静竹的病房，只见她全身缠满了绷带，有气无力地靠在床头，宽大的病号服使她显得超乎寻常的单薄。王斌冲到她的面前，也不知道该怎么办，他不能抱她，因为她身上有伤。王斌突然倒退一步，做出了一个令所有人目瞪口呆的举动，他突然单腿跪在管静竹的面前，眼中泛着泪花道："管静竹，你就嫁给我吧。"

要知道，在场的人不仅有小丁和公司的人，还有医生护士，他们都被王斌的举动惊呆了，管静竹也被王斌的举动惊呆了。

小丁急忙上前把王斌扶了起来,就在这一瞬间,管静竹看到了王斌头顶的白发,以前她是看不到王斌的头顶的,而且她也没有认真地看过他,这一次她看到了他的黑发中夹杂着许多白发,这让她想起了小丁的话,应该说小丁的话并不是一点都不起作用的。这时的管静竹心中涌起了一阵辛酸,同时她的眼泪也涌了出来。

所有的人都认为管静竹是由于深受感动,喜极而泣,但这其实根本都不是她的想法。她的真实想法是没有人能猜到的,那就是她的确有些垂怜这个给她下跪的男人,正因为她是在生活中苦苦挣扎的人,所以她能够感受到王斌的不容易。

说到底,管静竹是一个不可救药的人。不可救药的原因是她是一个常人,却缺乏常人的想法,这就是一件很麻烦的事。她冒着生命危险保护公款并不是为了取悦王斌,她泪流满面也不是因为王斌向她求婚。她做事的起因都是小而又小的,小到让人没法信服。有谁会相信一个女人会为了一个男人的点点白发而感动得落泪呢。

十六

焦阳是在医院的病房里见到王斌的。

管静竹也是例牌介绍焦阳是自己的弟弟,不是有意隐瞒什么,而是对于他们过去的故事,所有的人都是外人,都不可能相信和理解这个离奇的故事,这个称谓是高度浓缩的结果，王斌对此也深信不疑。

但是焦阳不喜欢王斌，焦阳对管静竹说，王斌这个人太精明了，而且他的精明深藏不露，又有淳朴的外表作伪装，更有欺骗性。

管静竹说，我不会跟他怎么样的，他只要知道歪歪的存在，就不会跟我怎么样的。

焦阳也就不再说话了。

从外表上看，从黑岩村回来的焦阳没有丝毫的改变，他还是在国美家电上班下班，还是上夜校学财会回家打算盘，还是一到节假日便照顾歪歪大师的起居饮食陪大师散步，还是和尹小穗亲亲密密地在一起谈恋爱。但其实他的内心发生了极大的变化，他不可抑制地回到了从前，那些深刻的童年记忆再一次把他席卷而去，他觉得他本应该就是那样的，现在的自己就像一个虚假的影子在他的眼前晃来晃去，这个影子过着正常的生活，快乐得以为自己到了天堂。

是的，他的确是嫌弃自己的过去，丑陋阴暗的生活并没有什么值得留恋的。但他同时也一样厌恶现在的自己，那个虚假的影子开始为体面而活了，就像野性的动物被驯养一样，他觉得自己就是那个会算算术的老虎。曾几何时，他也是相信脱胎换骨的，但是人心的烙印怎么是日常生活可以打磨掉的。

至少有一个事实让他心灰意冷，那就是正常人眼里的正常生活并没有接纳他。

管静竹出院后做的第一件事，就是星期天把王斌带到了家里，她平静地向王斌介绍了端木歪歪的情况，端木歪歪依然在煞有介事地作画，只是象征性地冲王斌点了点头，端木歪歪似乎明白一切的微笑，令王斌有点莫名其妙地打怵。但当他知道端木歪歪的病况时，才显得格外释然。

王斌并不知道歪歪曾经有过的殊荣，歪歪散发出来的光芒有点太短暂了，而王斌又明确说过他是不看报的，因为没有时间，他把看报纸的时间都用在地里看豆子了。

王斌对管静竹说道："你还要对我说点什么吗？"

管静竹道："我不想跟你说什么了。"

王斌道："你叫我见了你的弟弟和儿子，我觉得他们没有什么特别啊。"

管静竹说道："难道你不介意歪歪的现状吗？我不仅一生要养他，还要为他以后的生活准备一笔钱。"

王斌沉默了片刻，道："我心算了一下，没有人是没有身后事的，我老婆死后剩下了一大家子人全都砸在了我手上，父母亲不用说了，全都身体强健能活到九十岁，哥哥姐姐弟弟妹妹下岗的下岗，生病的生病，出国的出国，劳改的劳改，好的时候这些人都是看不见的，因为好日子都是自己悄悄地过啊，闹出麻烦来的时候就是大团圆，都跑到我这里来讨办法，其实还不是要钱，你说我能不管吗？你说我管谁不是管？你又没有其他的事,不就是一个爱画画的小孩吗?我想我也管得起。"

管静竹叹道:"这种事,你还是想清楚了以后再表态吧。"

王斌看了管静竹一眼道:"静竹,你小看我了。"

打这以后,王斌照样对管静竹好,有事照样跟她商量,还给管静竹买了一个钻戒,算是正式求婚。

王斌做这件事的时候,并不是在豪华酒楼,更不是花前月下,他只是不经意地把它放在管静竹的梳妆台上。他说这是小丁的老婆帮我挑的,那个女人眼睛毒,谁也蒙不了她,肯定货真价实。

这一次管静竹真是被王斌感动了,她没有想到王斌这么不介意歪歪的存在,全盘接受了她这个在生活中苦苦挣扎的女人。

焦阳永远也忘不了,有一个星期天的早上,他从房间里出来,看见王斌坐在阳台的旧藤椅上,管静竹站在他的身后,用手将他的头发往后捋,慢慢地,一下又一下,他们两个人都穿着睡衣,在晨光之中眯缝着眼睛,脸上的神情甚是安详富足。这也许是典型的中年人的爱情,应该是王斌第一次在这里留宿。听到动静之后的管静竹转过头来,她的手并没有在王斌头上停止抚摸,只是冲着焦阳灿烂地一笑。

这个久违的笑容一直存留在焦阳的脑海之中。

然而,梦到好时终会醒。真正到了婚嫁阶段,由于王斌和管静竹两人已经达成共识,婚礼绝不大办,只是小范围地吃个饭意思一下。但王斌觉得这件事必须跟儿子说一下，有个交代。

于是王斌找儿子王豆豆谈话，向他宣布了这件事，并要安排一个时间让王豆豆和管静竹见个面。令王斌没想到的是到底还是他这一头出了问题，平时少言寡语的儿子这一次是大抗拒，而且反应相当激烈。他说他不会见任何跟王斌有关系的女人，也绝不接受她们。王斌说为什么？王豆豆说因为我妈妈是被你累死的，你其实根本没爱过我妈妈。王斌由于被儿子窥视到了内心深处极大的秘密，甚为恼火，也变得极其没有风度，他说就算是这样我也为她守了三年了，难道我就不能有自己的生活吗？王豆豆说你就是不能有，你也不配有，你可以到外面去乱搞，但我不允许任何女人踏进我们家的门。

王斌一个耳光扇了过去，打得王豆豆两眼直冒金星，但是王豆豆既没有哭，也没有跑，他只是两眼充满仇恨地看着父亲。

对于王豆豆不接受自己的现实，管静竹觉得是可以理解的，哪个孩子不热爱自己的母亲？哪个孩子又会对自己见都没见过的女人感兴趣，一下子就接受这个后妈？所以她并没有因此埋怨王斌，反而劝他跟豆豆好好沟通。

王斌说，沟通个屁呀，老子管他吃管他喝，将来还要管他上大学娶媳妇，还真惯出他的毛病来了，我现在就叫他滚蛋，看谁能不让谁进家门。

这件事气得王斌头顶冒烟,他当即找了死鬼老婆的娘家人,叫他们把王豆豆接走。

管静竹说这孩子马上要考大学了,你把他赶出家门就等于把他毁了,千万不能这么做,结婚的事可以往后推一推。王斌说推什么推,难道我还要看着那个小兔崽子的脸色过日子吗?我在外面有多辛苦他知道吗?敢跟我说那些油盐不进的屁话!管静竹左劝右劝,说尽了道理和好话,才算平息了王斌的心头之恨。

婚事就这样被搁置下来。

有一天晚上,焦阳从夜校回来,看见管静竹在收拾行李,焦阳问她去哪里。管静竹说她准备搬到王斌家去住,因为王斌要下生产基地,王豆豆已经开始备战考大学,总得有个人在家给他煲个汤做个饭什么的。焦阳冷冷地说道,我看你也付出得太彻底了吧。管静竹愣住了,管静竹说,他可是我碰到的唯一的一个能够接受歪歪的男人。焦阳回道,歪歪挺好的,歪歪不需要别人接受。

管静竹道,焦阳,我一辈子记住你这句暖心窝子的话,可是歪歪就是残疾人,这就是现实,我也必须面对现实。

焦阳不再说话,但神色黯然。

管静竹又道,我双休日一样回来接歪歪,去那边住无非是为了方便,这样就不用把时间全部耽误在路上了。

焦阳也不明白自己为什么那么不希望管静竹搬到王

斌家去住,他说,你真的那么需要他们接受你吗?我指的是那个王大豆和王豆豆。管静竹的脸色也冷淡下来,甚至有点赌气地说道,是的,我需要,我太不喜欢那种被生活遗忘和抛弃的感觉了。你不也一样吗?你还有一个尹小穗,可我有什么呢?

管静竹当晚就提着行李义无反顾地走了。

管静竹走了以后,焦阳照样坐在灯底下打算盘,等到再晚一点尹小穗在水果捞收了工,照样会打电话来跟他煲电话粥,东拉西扯的没有一件事重要,也没有一件事是不可以第二天上班见面时再说的。但是他们就是要一直说,一直说,一直说到无话可说了,尹小穗才会问焦阳,你喜不喜欢我?焦阳说喜欢。尹小穗说我喜欢你喜欢到昏过去。焦阳说没那么严重吧。尹小穗说就是这么严重。尹小穗说完这些话就会笑起来,她的笑声是极有感染力的,这笑声让焦阳无可避免地想起了黑岩村的夜晚,那个夜晚对他来说有着创伤性记忆,是他最不愿意想起的。但是尹小穗却是从这个晚上开始,自认为对焦阳有了更深刻的认识,她觉得只有焦阳才是这个世界上唯一疼惜她的人。像冷公,认识她没多久,就总是找机会要跟她做那件事,她当然不肯,事实也证明他并不见得多爱她。

人真是不经念叨,突然有一天,尹小穗在国美上班,活动广告组有一个男孩子从外面回来对尹小穗说,冷公在门外等你呢。尹小穗白了他一眼道,有病。说完不再理他。那男孩坚持说冷公真的在外面等她，尹小穗也给他说毛了，就跑到商场的大门外去看。只见冷公真的在外面踱步等人。

尹小穗跑了过去，尹小穗心想反正我现在是名花有主，看你还能作何表演，便故作大度道，你找我有什么事？

冷公看了她一眼道，我又不找你，我是来找焦阳的。尹小穗好奇道，你找焦阳干什么？冷公道，反正不关你的事，跟你没关系。尹小穗正要说你到底要搞什么鬼，却真的看见焦阳从商场走了出来。

这天晚上，焦阳没有到夜校去，因为冷公说要跟他好好谈谈。

他们找了一间酒吧，冷公破费要了一瓶冰酒，两个人对饮起来。冷公说不怕你笑话，我找了一圈也没有找到合适的女朋友，不是太丑，就是心眼歹毒，要不就是疯疯癫癫的一点也不稳重。跟你说老实话吧，我在机关里工作，领导对我也挺不错的，我也觉得自己有希望跟哪个局长的女儿谈恋爱，结果还真有人给我介绍了一个，可是这个女孩子太张狂了，对我吆三喝四不说，还胖乎乎的像个肉包子。

想来想去还是尹小穗好，可是我知道尹小穗跟你好了。

冷公突然不说话了，焦阳也不说话。

冷公只好又说，我没办法，只好去调查了你的过去，我也敢担保你没有把自己的过去告诉尹小穗，是这么回事吧？

焦阳还是不说话，脸上也没有明显的表情，仿佛他终日等待的就是这个要来为他揭秘的男人。他丝毫也没有被他的突如其来而吓得不知所措。

冷公的风度一直保持得很好，可以用井然有序来形容，他知道什么时候该声高或声低，什么时候应该尽可能的诚恳、宽厚。他的言谈举止体现出了公务员应有的素质。他说，焦阳，你回归社会绝对是对的，你也用行动证明了你的诚意。但是你知道吗？我们之间的区别并不在于谁从前做过什么或者没做过什么，而是看我们谁能最大程度地保持脸面。只有保住了体面才是真正回归了社会。这就是那么多有前史的人不惜一掷千金要洗底的原因。我向你保证，只要你退出去成全了我和尹小穗，我保证什么都不跟她说，你在她心中永远都是美好的。你看这样行不行？

焦阳说，你为什么不问问我爱不爱她呢？冷公回道，你当然爱她，她也爱你，但是她的父母和她本人都是不可能面对你的过去的。焦阳说那你爱她吗？冷公说到目前为止，小穗是我碰到的最合适的结婚人选，而当我离开她以后，我才发现我还是很爱她的。

焦阳笑道，我知道该怎么回归社会了，但是我是不会放弃尹小穗的。冷公用肯定的语气回道，你会放弃的，因为你很在乎你在她心中的形象和位置。

焦阳哑口无言。

第二天，焦阳没有去国美电器商场上班。尹小穗给他打电话，发现他的小灵通已经停机了，她又跑到他住的地方拍门，家里仍然没有人，晚上，尹小穗去了夜校的财会班，还是不见焦阳的踪影。

尹小穗根本不相信焦阳会人间蒸发，所以她耐心地等了三天三夜，还是没有焦阳丝毫的信息，她再也不能忍了，只好主动与冷公联络。见面时是在一个精致的湘菜馆，尹小穗早到，冷公更早到，还叫了几样做工讲究的小菜。尹小穗劈头就问，姓冷的，你那天跟焦阳说了什么？为什么他第二天就不见了？冷公道，我没说什么，他真的不见了吗？还是请病假没来上班。尹小穗恨道，你少揣着明白装糊涂，不是你说了什么，他怎么可能突然就不见了？冷公说，我真的没跟他说什么，我就说我绕了那么大一个圈，发现自己还是最喜欢尹小穗，我就跟他说了这个。

只听哗啦一声巨响，尹小穗把餐桌上的七碟八碗全部刷到地上，别的餐桌上的客人都吓得站了起来。尹小穗带着哭腔骂道，谁叫你喜欢了？谁稀罕你喜欢了？你跟他说这个干什么？你听好了，我横竖不会嫁给你的，你就死了这条心吧。

尹小穗说完这些话，哭着跑掉了。

尹小穗想来想去还是觉得不可思议，就算焦阳消失了，他的姐姐也不应该消失啊。所以她一天好几趟地往管静竹家跑，但是管静竹家就是没有人。

毫无办法，尹小穗只好把自己关在房间里枯坐，她的父母对她很担心，拼命说我们根本不介意你与谁来往，只要你好好的就行，你这样人不人鬼不鬼的你不要吓我们好不好？尹小穗还是不理他们，她不哭不闹只是呆呆地坐着。终于有一天，她无意间注意到自己房间的墙上挂着的一张画。

这张画就是大师端木歪歪画的，用色惊人的鲜明和冲撞，构图也是极端抽象的，似乎怎么解释都合理。这幅画没有边，四面出血直到尽头，给人一种气绝人亡的绝望，尤其是在人的内心痛苦至麻木的时候，你就会觉得这幅画是高度和谐的。当初尹小穗把这幅画挂起来的时候，媒体已经开始一边倒地批判歪歪是伪大师，他所有的《无题》都是信笔涂鸦，追捧这样的东西是整个社会的集体无意识，也反映了一个缺乏信仰和激情的年代，人们对奇迹的病态的渴望。并且，媒体还在这一事件中深刻地反思了自身凡事恶性炒作的种种弊端。

但是尹小穗还是把这幅画挂在自己的房间里，只因这幅画能够给她一种独特的感受。她觉得评价并不重要，感受才是最重要的。

星期六的下午，尹小穗找到星星索康复中心，她看到端木歪歪还在，这对她来说多少是个安慰。如果歪歪也不见了，那她真的会怀疑自己的脑袋是不是出了问题——她所经历的一切到底是梦是真？

果然,她在这里等到了管静竹,见到管静竹时,尹小穗只叫了一声姐,就抱住管静竹放声大哭。

管静竹说,她真的也不知道焦阳去了哪里,她因为有事住在外面,只是双休日才回来,有一个星期天,她突然觉得好久好久没见到焦阳了,于是跑到他住过的房间,这才发现焦阳已经搬出去了,拿走了他自己的全部东西,甚至连一张纸条都没留下。

从此以后的每个星期天,尹小穗都会风雨无阻的到管静竹家打听焦阳有没有消息,她的举动把管静竹都给感动了,她对尹小穗说,想不到你这么痴情。然而私下里,管静竹心想,焦阳为什么选择这样的方式离开?肯定是他不愿意让尹小穗知道有关他的一切,冷酷无情的背后是他希望自己是尹小穗希望的那种人。所以,管静竹决定保持沉默。

焦阳那一头是令人绝望得音信全无。

十七

人有时候就活一个信念,管静竹的信念便是真情可以感天动地。

基于这种信念,管静竹每天上班时要查更多的账,操更多的心,下班时便一头冲进菜市场,挑着花样给王豆豆煲汤做菜保证营养。

管静竹搬过来不久,王斌就放心地下生产基地去了。

家里只剩下管静竹和王豆豆两个人,但是他们之间是不交流的。王豆豆的心理素质很好，他可以该吃鱼吃鱼，只把头尾剩在盘子里，该喝汤喝汤，如果是鸡汤他会吃掉两个鸡腿，该吃水果吃水果，他自然是挑大个的水灵的，烂一点的都归管静竹，大部分的情况是管静竹削好了举案齐眉地端给他。只是，王豆豆不跟管静竹说话，有时可以三天不说一句话，他把自己关在屋里说是复习功课，他的房间不许管静竹进。实在不能不说的话就只说嗯或不。

管静竹觉得王豆豆就是一个孩子，她不能跟他太计较。而且她相信时间长了，他一定会认为她是一个好人。

曹虹打了好几个电话来，要求跟管静竹见见面，她们都好久不联系了。但每次管静竹都推说没空，当然她也是真的没空。曹虹跟她急了，曹虹说管静竹，朋友也很重要你知不知道？友谊也是没有替代品的你知不知道？管静竹说可是友谊也不应该是负担啊。曹虹在电话里勃然大怒，她说在你最困难的时候你觉得我是负担吗！管静竹只好说好吧好吧，那晚上就见一面吧。

由于不能给王豆豆做饭，管静竹专门跑去买了肯德基的家庭装送回家，还给王豆豆留了一张纸条，表示十二分的歉意。

晚上，管静竹匆匆忙忙赶到一家西餐厅，其实她和曹虹都不爱吃西餐，但是现如今好像只有西餐厅安静一些。曹虹已经先到了，橘黄色的运动衫外面套了一件墨绿色的开襟毛衣，显得既随意又英气，反观管静竹，不仅瘦了一圈，而且满脸写的都是憔悴。

曹虹说道："你怎么都变成这样了？怪不得我这几天眼皮老是跳，就知道准是你的事给闹的。"

于是，管静竹便把她和王斌的事告诉了曹虹。

曹虹老半天没说话。

管静竹道："你怎么不说话呀？就算是逢我必反，你也该说句话吧。"

曹虹叹道："你叫我说你什么好呢？"

管静竹笑道："我还不是癌症晚期吧？"

曹虹急道："你可不就是得了'绝症'吗？你怎么能搬到他家里去住呢？我怎么觉得你现在就是他们家不要钱的保姆呢？管静竹，拜托你做人有点保留好不好？你身后就是悬崖峭壁你知不知道？万一王斌那头决定不娶你了，你怎么办？再提着行李回来？"

管静竹反过来安慰曹虹道："不会的，王斌这个人就是长得糙点儿，不是我喜欢的那种类型，但他人还是挺好的，挺实在的，也不花。"

曹虹正要说什么，她们点的红菜汤和沙律、牛扒什么的都上来了。曹虹便闷下头去吃东西，什么也不说了。很长时间以后，有一次曹虹跟丈夫提起管静竹，曹虹的丈夫埋怨她说你们是那么好的朋友，为什么当时不劝劝她呢？曹虹说道，那天我跟她在西餐厅吃饭，我就知道说什么都没用了，而且不知为什么，我就是觉得有一把尖刀扎在管静竹的心脏上，她浑身是血但她自己并不知道。

这个晚上,曹虹真的不像以前那样把管静竹批得体无完肤,她反而颇为体贴地问管静竹:"你是不是觉得这段时间特别幸福?"

管静竹的脸红了。

曹虹觉得自己的心底已经有了明显的不祥之兆,但她还是对管静竹满面春风地说道:"只要你觉得怎么好,就怎么去做吧。其实我也想明白了,朋友,无非是一种深层次的理解,并不是再复制一个自己。"

这次吃饭和这次谈话,使她们之间出现了少有的和谐。在这样的氛围里,管静竹伸出左手,向曹虹展示了王斌送给她的钻石戒指,并且甜蜜地说道:"曹虹,我结婚的时候你一定要来做我的伴娘,那我就太有面子了。"

曹虹回道:"那是一定的。"

日出日落,云卷云舒,大半年的时间很快就过去了,在这段时间里,王斌经常会从生产基地回来,不仅回家就能见到管静竹,过上久违的家庭生活,而且家里的一切都收拾得井井有条,豆豆的情绪也很稳定,一心冲刺考大学。王斌的心定得很,更觉得自己选择管静竹做结婚对象实在是英明之举。

冷公也是半年之后才去找尹小穗的,时间是最好的医生,现在的尹小穗已经磨掉了全身心的浮躁火气,见到冷公也发不出脾气来了,她只是不理冷公,但是尹小穗的父母对冷公还是像从前一样热情,他们不计前嫌地觉得还是冷公的条件好,而且在这段时间里冷公还升了半级已经是副处长了。冷公也深知以前的做法不仅伤害了尹小穗,也伤害了她的父母,所以他会加倍地努力,不管发了什么东西他都提到尹小穗家,还给尹小穗买了一个功能先进的手机,虽然尹小穗根本不用,还是用自己的小灵通。

星期六的晚上,尹小穗照例去管静竹家。她现在已经变得平静多了,尽管她一看到管静竹的眼睛就知道还没有焦阳的任何消息,似乎她也习惯了这样的结果。不过在这一个晚上,尹小穗在管静竹家坐到很晚,一直等到歪歪睡觉以后,她还是没有要走的意思。

管静竹知道她有话要说,便默默地坐在她的身边。

尹小穗道:"姐,我已经决定嫁给小冷了,就是那个公务员小冷。"

管静竹哦了一声,但还是说道:"那也挺好的……"

尹小穗道:"那你现在可以告诉我焦阳为什么离开我了吧?"

管静竹一时不知说什么好。

尹小穗平静道:"你不可能不知道他离开我的原因,你就告诉我吧,我保证永远不会再纠缠他。"

说这些话的时候,尹小穗并没有哭,倒是管静竹的眼泪夺眶而出,于是她告诉了尹小穗焦阳的身世以及他因为盗窃而坐过牢,管静竹也承认自己不是焦阳的亲姐姐，他们是在一个非常偶然的情况下相识的。最后，管静竹对尹小穗说道："无论如何他离开你都是为了爱你，他千不该万不该就是向你隐瞒了这段经历，你如果还能记住曾经跟他有过的交往，也算是保留住了一份美好。"

尹小穗无言，因为焦阳的身世和经历真的把她给吓住了。在这之前，尹小穗一直以为焦阳也许是爱上了别人，当然也不排除冷公跟他说出尹小穗已经是我的人了这样的鬼话，甚至她还想到会不会是焦阳得了绝症，害怕拖累她才离开了她。

所以她下定决心要找到焦阳，无数次地幻想过在各种情况下他们的碰面，他们抱头痛哭的情景多少次地先把她自己给感动了。

但是真相从来都在人的意料之外，而且是没有体温的。

第二天是星期天，尹小穗独自一人又把黑岩村游了一遍，焦阳与她平淡无奇的交往犹如远山一般的亲切，遥远却又历历在目。也许她幻想过在这里碰到焦阳，但更多的理智告诉她必须在这里忘记焦阳。

她当然没有在黑岩村碰到焦阳，影视剧里的桥段是不可能在现实中出现的。她想，焦阳是对的，这已经是他们之间最好的结局了。

大半年的时间过去以后，王豆豆顺利地考上了上海同济大学计算机系。

分手之际，王豆豆对管静竹冷漠的态度并没有多大的改善，他只是对管静竹说了这样一句话，反正我读完大学也会不再回来了，你们爱怎么样就怎么样吧。管静竹只当这句话是对她和王斌的大赦，深感自己的劳累没有白费。

王豆豆走了以后，王斌和管静竹开始筹办婚事。

也算是无巧不成书吧，最近一段时间，由于矿难的频频发生，国务院下了死命令，全国上上下下都在开展整顿小煤窑的工作。王斌的妹妹王梅在河南的小煤窑投资，一整顿，一关闭小煤窑，她所有的钱又是一如既往地投进了黑洞。

没有钱了，王梅就出现了。

她唱着红梅花儿开，千里冰封脚下踩来到了王斌家，给她开门的是管静竹，这让王梅太意外了。

当王梅听说王斌要跟管静竹结婚时，她就感觉更加意外了，同时内心也产生了高度的不平衡。王梅心里想，你管静竹也太有心计了吧，你揭发郭宏伟不仅让王斌开除了他，还把我和郭宏伟的家活活拆散了。痛定思痛，后来王梅又有点后悔跟郭宏伟离婚，毕竟说来说去就是一个钱的问题，郭宏伟的本质还是好的嘛。而郭宏伟后来也找过王梅想复婚，虽然王梅没答应他，但心里已经不那么恨他了。现在看见管静竹居然登堂入室要当王斌的家了，她便觉得这一切都是管静竹事先预谋好的，而且可以说是步步为营。

后来王梅又听小丁说管静竹还有一个傻儿子，她觉得王斌简直就是疯了。

王梅把王斌单独约出来，王梅说，哥，你缺心眼啊？你怎么能跟这样的人结婚呢？王斌说我怎么不能跟她结婚？我观察了她好长时间，她还就是一个能过日子的女人，难道你要我找个小妖精结婚吗？王梅道，看你说的，好像小妖精们多想跟你结婚似的，你又不是什么精英人物，又不风流倜傥，长得跟个老玉米似的，哪个小妖精会跟你？王斌道，既然如此，我的事你就别掺和了。

王梅说，哥呀，我不是要掺和你的事，管静竹有个傻儿子的事你不能不考虑。王斌道，有啥可考虑的，我家大业大吃不垮。王梅说你现在当然吃不垮了，可你能保证年年都日进斗金吗？饲料这一行又不是什么垄断经营，没准哪天就有人超过了你，到时候你就觉得他是累赘了，他现在才多大？大把年华长大，大把年华拖累你。王斌说没你想得这么严重吧。王梅说还有比这更严重的呢，你怎么就敢保证管静竹不打你的主意？她倒不会是为她自己，可她会为了儿子什么都干，她可是做账的高手，真套了你的钱走你绝对不知道，别说查账你连看账也不会。

这话倒是点到了王斌的穴位上，王斌这个人其实疑心也蛮重的，尤其出了郭宏伟事件之后，他真有点什么人都不敢信了。但是他嘴上仍说，王梅，做人是不能吃亏，但是做人大面上也得说得过去，不管怎么说，这是我跟管静竹商量好的事，现在豆豆上大学了我就变了卦，那我成什么人了？

经过这次谈话，王梅虽然没有说服王斌，但她的话绝对不是没起到一点作用。

管静竹就发现这几天王斌的脸很臭，问他出了什么事，公司的运营不是好好的吗？王斌叹了口气说，走了一个王豆豆又回来一个王梅，人都要被他们烦死了。管静竹说是不是王梅又不同意我们两个人的事？王斌支吾地说，那倒没有，她就是说你儿子的问题是个问题。管静竹神色黯然道，这件事我早就跟你说过，而且这也不是我能改变了的。王斌说，你放心，我答应的事就不会反悔。

尽管王斌这样说，管静竹的心里还是不好受。星期六的晚上，歪歪坐在桌前画画，管静竹便望着他的后背发呆。

这时门铃响了，管静竹打开门，站在门口的居然不是尹小穗，而是焦阳。

管静竹道，怎么是你？你不是有钥匙吗？焦阳道，太久不回来了怕你不方便。管静竹道我有什么不方便的，你突然不知去向，我还挺牵挂你的。焦阳道，我也没什么事，就是想端木大师了。说这话的时候，焦阳已经来到歪歪跟前，用手来来回回地摸歪歪的头，歪歪很有风度地冲他笑笑，好像昨天刚见过他。

管静竹心想，尹小穗和焦阳的缘分真是浅啊，尹小穗每个礼拜六风雨无阻地到家里来，就是碰不上焦阳，唯独这个星期不来了，焦阳却出现了。许多时候，情人之间是根本不可能理性的，关键的时刻见上一面至关重要，片刻间的豪情可能化作感天动地的结果。

见不到，也就没有故事了。

焦阳告诉管静竹，他现在城中村租了一间房子住，而他自己是在一家快递公司上班，这家快递公司的名称叫午夜狂奔快递公司，二十四小时营业，所以生意还不错。管静竹道怪不得你又黑又瘦，有空回来我给你煲点汤喝吧。焦阳道，我离开你这儿就是为了不拖累你，你看你也是又黑又瘦，你跟王斌相处得怎么样了？管静竹叹了口气，欲言又止。焦阳也没有多问，只道，不管怎么说，千万不要为难了自己。

这话让管静竹差点滴下泪来，她终于发现，其实无形之中，他们已经是彼此唯一的亲人了，有着亲人般的情感。

管静竹告诉焦阳，尹小穗曾经无数次地来找过他，真的是在痛苦中煎熬。这回轮到焦阳不说话。管静竹又道，不过她也快跟冷公结婚了。焦阳的神情并没有太大的变化，道，这样也好，本来每个人就有每个人的生活。

管静竹道，我把你的事告诉她了。

焦阳垂下眼皮，点了点头。

十八

冬天悄悄地来临。

其实在焦阳内心最荒芜的时刻,他也曾经回到桃色酒吧,他认识的那个酒保还在,酒保说你到哪儿发财去了,这么久都不来。焦阳道,发你的头。酒保上下打量焦阳,发愁道,看你这个猫样,怎么好像自食其力了?焦阳坐下来,要了一杯名叫冬日恋歌的鸡尾酒喝,道,那你还自食其力?酒保道,有人愿意把我包在别墅里,我这一分钟就跟她走。自食其力有什么好的,我右膀子都摇出肩周炎来了,挣那么一点钱。

焦阳慢慢地喝酒,他对这里的一切是那么熟悉,仿佛他从未离开过。所以只要是他不当班,他就会消磨在桃色酒吧,他深知他还是属于这里。

有一次一个眼生的小妹走过来,来了就斜靠在吧台边上冲焦阳放电。

小妹穿着服务员的制服,但仍看得出是有本钱在外面混的:胸大,腰细,屁股翘,外加一脸的风尘气。

酒保为他们相互之间做了介绍,还说小妹是他们酒吧里的玛丽莲·梦露,在外面很多应酬,不是很容易碰上的。玛丽莲·梦露也很义气大方,表示今晚要好好陪陪焦大哥。说句老实话,焦阳也不是不动心,而且他惊奇地发现自己全身上下都蠢蠢欲动,并非像在黑岩村时那样风平浪静。不过他还算是有克制力,他知道做个好人也是要付出代价的。便对玛丽莲·梦露道,哥哥我今天没武功,也别耽误了你不是?玛丽莲道,呸,你留着那些子弹给阔太太吧。焦阳道,天地良心,就是有一颗子弹也得给梦露你啊。

玛丽莲·梦露找来一支圆珠笔,把自己的手机电码写在焦阳的手心上,斜着她的丹凤眼道,想我的时候就给我打电话吧。说完一扭一扭地走了。

焦阳有些失落道,她怎么这么快就走了?酒保道,我×,良家妇女才跟你手拉手地去看芭蕾舞呢。

重回桃色就等于重回江湖,又有人来找焦阳干坑蒙拐骗的事了,其中一单大的是有一个黑帮老大,他们想绑架一个富豪大款,但此人神出鬼没完全没有规律。黑帮老大希望焦阳搞定大款的太太,便可准确地知道大款的行踪。如果办成此事,焦阳得到的报酬将是一个大数,恐怕跑一辈子速递也赚不到那么多。

但是焦阳没有答应这件事,他再一次换掉小灵通,也再不能去桃色酒吧了。

他不答应的原因非常简单,那就是冬天来了,他又穿上了棉衣,管静竹送到看守所来的这件棉衣他一直也没有丢。他想在这个世界上他至少要对得起一个人,这个人不是尹小穗,而是管静竹。管静竹为他做的点点滴滴虽然他无以回报,但他知道她希望他成为一个什么样的人,这也是他唯一不能背叛的人了。

他又没地方可去了,他没地方可去的时候就会想起管静竹，管静竹这个人就是他的家，他的家就是管静竹。

有一天，管静竹正在上班，王梅突然来找她，说想跟她谈一谈。

她们来到了接待室，王梅并没有兴师问罪，而是对管静竹说，我哥反正是要铁心跟你好了，我也没什么可说的，你知道他是我的亲哥哥，我也想帮他分担一部分压力，并非多管闲事。管静竹道，你到底想说什么？王梅说道，我托了无数的朋友去打听，终于打听到一家名叫神州的脑病医院，你可听说过？管静竹茫然道，没听说过。

王梅说，神州脑病医院可以开刀治疗智障的病人，病人手术以后当然不可能成为正常人但至少可以生活自理。

这一信息对于管静竹来说简直是天大的好消息，她觉得自己真是小肚鸡肠，还认为王梅是因为郭宏伟的事记恨自己，事实到底怎么样呢？还不是血浓于水，王梅为了她哥好，反而向自己伸出了援手。所以管静竹对王梅可以说是千恩万谢。

后来王梅带着管静竹去了神州脑病医院，医院很大，也很正规。医生听了端木歪歪的情况，说手术是可以的，但也不是没有任何风险。管静竹说最糟的情况会是怎么样？医生说那就是生命危险，神经外科本身就是高风险的手术，说白了就是搏一搏，就看你自己的决心大不大了。管静竹问手术胜算的把握有几成？医生说其实对于病人来说，成与不成都是百分之百。

医生还给管静竹看了一份公式化的手术协议书，协议书上明确规定病人若是出了意外，所有责任自负。管静竹说这个协议书有点太绝对了吧。医生说你完全可以选择不做手术，这样也最保险。管静竹没说话，而是看了王梅一眼，碰巧王梅并没有看她，而是看着协议书。

王斌从生产基地回来以后，管静竹把这件事告诉了他，王斌想了想说，我看可以搏一搏。要不你再好好想一想，反正手术费我来出。

手术费还真是一个天价，如果王斌不出，管静竹还就得砸锅卖铁。所以管静竹想，是不是歪歪的运气来了？是不是苍天有眼，心诚石头里开出花来了？管静竹前前后后想了一个星期，还是带着端木歪歪住进了脑病医院，她希望歪歪的生活能够自理了，果真如此她死也可以闭上眼了。于是医生开始了对歪歪手术前的各项身体检查。总之一切都进行的相当顺利，手术日期也落实下来了。

不知道是不是因为这件事进行得太过顺利，越是临近歪歪的手术时间，管静竹就越是有一种厄运降临的恐惧。可是她又觉得有一只无形的大手在推着她往前走，想要停下来已经没有可能。

住院的这段时间，焦阳都是到医院来看管静竹和歪歪，管静竹没有人说，只好把这种心理感觉告诉了焦阳。焦阳由于常来病房，又有女人缘，跟一个姓金的护士相处得很好。焦阳跑去问金护士这个手术的危险性是不是特别大,金护士迟疑了一下,才说这种手术肯定是有风险的。然后就不再多说了。也就是她的这几秒钟的迟疑,暗合了焦阳心底的疑虑。让他相信了管静竹的焦虑并非空穴来风。

有一天晚上趁着金护士值班,在她去给病人打针的时候,焦阳在手术登记手册上,看到了好多接受手术治疗的患者的名字,他便拿出准备好的纸和笔,把这些人的电话和地址抄了下来。

焦阳事先并没有跟管静竹说,便骑着午夜狂奔给他工作配的摩托车,抓紧时间一一寻访了接受过手术治疗的病人的家庭。

调查的结果令他大吃一惊,接受手术治疗的病人,除了毒瘾、失忆、洁癖等症的患者还有存活的以外,因高度智障而手术的病人全部死亡,无一存活。这个结果把他自己也吓了一跳。当天晚上,焦阳站在医院的大门口等着金护士下班,见到金护士以后,焦阳当场质问她这到底是怎么回事,金护士沉默了好长时间才说,我跟你还真是一句话两句话说不清……焦阳说你说吧,我能听明白。金护士说,医学的昌明总是建立在无数的失败之上的,你又怎么知道你姐姐没有做好放弃儿子的准备呢?如果她不放弃儿子,她又怎么再婚,重新开始新的生活呢?在这个问题上,她跟王梅之间有默契,王梅和医生之间也是有默契的。焦阳道,既然是拿孩子做试验，你们为什么还要收那么高的手术费呢？金护士说，费用高就是治疗，没费用就是谋杀。

金护士最后说，焦阳，我可什么都没跟你说，你要是砸了我的饭碗，我可是翻脸不认人的。说完这话，她头也不回地走了，人影立刻消失在茫茫的夜色中。

焦阳一个人站在医院的大门口，夜风袭来，不胜寒意。

焦阳回到病房，他对管静竹说道，不知我是不是受了你的影响，我也觉得歪歪完全没有必要做手术，他现在挺好的，再说哪有天才大师做手术的？管静竹不快道，我跟你说正经事呢。焦阳说我就是在说正经事，我们明天就出院，不做手术了。管静竹道，你真这么想？焦阳坚定不移地回答道，我真的这么想。

管静竹道，可是你不觉得我们同时也放弃了希望吗？那么一大笔手术费都落实了，这时候放弃是不是太可惜了？焦阳说，我觉得这件事一开始就是我们出了问题，歪歪其实很好，所以希望和手术费都是多余的，可是我们非要他好上加好，这都是我们贪心造成的，现在回头还来得及，否则后果不堪设想。而且我还是要说歪歪就是天才大师，大师是浑然不知窗外事的，也有很多大师生活就是不能自理的，难道都要去动手术吗？

焦阳决定不把这件事的真相如实地告诉管静竹，真相太残酷了，他是怕管静竹跟王梅乃至王斌闹得分崩离析，没有事实证明这件事是他们兄妹俩策划的，但也没有事实证明这件事不是他们兄妹俩策划的。而焦阳知道，管静竹很想跟王斌结婚。

第二天，管静竹就带着歪歪出院了。

王梅和王斌都对这件事情极为不满，他们问管静竹为什么要这么做。管静竹说因为感觉太不好了。这显然不成其为理由，家里有个智障的孩子，自己又不积极地想办法，难道找了个结婚对象是王斌，就真的躺在他身上吃喝，要养这孩子一辈子，一辈子是什么概念？想一想就先把人累死了。还说这个女人多么多么地爱自己，是不是太一厢情愿了？

这当然都是王梅背后跟王斌说的话，王斌虽然没有明确地赞同，但是内心的天平已经向妹妹那边倾斜，不仅回家就摆个臭脸，结婚的事也不再提了。

王梅觉得自己的历史使命已经完成，再说多了并无益处，便不再理会这件事，又去开了一家咖啡厅专营英式下午茶。王梅的优点就是志在参与，赚不赚钱无所谓。有时王斌从生产基地回来，不像从前那样第一时间要见到管静竹，就在王梅门可罗雀的店里坐一坐。

管静竹并非没有感觉出来王斌的变化，有一天晚上，她对王斌说道，如果你心里实在不平衡，那我可以跟你做个婚前公证，有关歪歪的一切事宜都不需要你管，全由我自己负责，你看这样行不行？王斌脱口而出道，你觉得这可能吗？你觉得你做得到吗？那我们还用得着结婚吗？

一语醒心。

两个人也同时为最后这句话愣住了。管静竹的眼泪唰地一下流了出来，怎么又让曹虹说对了呢？她的身后真的是万丈悬崖啊，可她一点感觉都没有。曹虹的话还音犹在耳，她现在真的在这里住不下去了。

管静竹默默地走进卧室，她收拾行李的时候，王斌一直也没有到卧室里来。直到她提着行李来到客厅，王斌才干巴巴地说了一句，我不是这个意思。而且他还走过来抱了抱管静竹，轻声地说不要走好吗？管静竹心想，这是戏啊，是戏你就得让人家演完，有些戏人是要演给自己看的。

果然，管静竹搬回自己家以后，除了在公司偶尔能见到王斌之外，他并没有再打电话要求她回去住，这是一个无言的结局。

管静竹交辞职信的时候，把那枚钻石戒指也包在里面了。

隆冬的一个中午，阳光稀松散淡，并没有办法减轻寒冷。焦阳骑着摩托车到郊区去送快递，手都冻僵了，送完快递回来的路上，正好经过管静竹的家，他决定上去喝口热水。上楼梯的时候，他的两只手还是抓车把的形态，已经完全失去知觉了。

他用力搓了搓双手，才拿出钥匙。

进了屋以后，焦阳发现不仅门窗紧闭，连厚厚的遮光窗帘也都拉上了，家里收拾得一尘不染。焦阳心想，可能是管静竹跟王斌已经结婚了，所以彻底搬过去住，这边收拾妥当关窗拉帘也可以挡挡灰。

焦阳来到厨房，想烧口热水喝，但是一进厨房他差点没呛个跟头，厨房里有浓重的煤气味，他这才意识到他一进屋闻到的怪味是煤气味，其实整间房子都是这个味，而他猛一进门没有感觉出来罢了。焦阳一边咳嗽一边关了厨房的煤气开关，他推开了厨房的窗户，一股巨大的冷风扑面而来，这才警醒他家里可能出事了。

果然，紧挨着厨房的就是管静竹的卧室，卧室的门开着，管静竹穿戴整齐地躺在床上，脸上还化了一点淡妆，看上去面部神情柔和，仿佛熟睡，人已经深度昏迷了。

焦阳抱起管静竹就往阳台跑，又冲回卧室找到一条毯子包在管静竹的身上。并且掏出小灵通打了120急救电话。

管静竹从急救室推出来的时候，全身上下插满了管子，她面色苍白，嘴唇青紫。医生对焦阳说，再晚送来五分钟，人就救不回来了。焦阳随着四轮车一块进了病房，管静竹躺在病床上，微睁着眼睛，眼神空洞而淡漠，她始终也没跟焦阳说一句话。但是焦阳心里明白，一定是她跟王斌的婚事出了问题。

下午，焦阳回去给管静竹拿换洗衣服毛巾等物，回来时在病房的门口听见管静竹的哭声，只见曹虹阴沉着脸坐在她的床边。焦阳以前并未见过曹虹，但看过她的照片，知道她与管静竹的感情亲如姐妹。他想，管静竹心里的苦一定得吐出来。所以他没有马上进病房。

曹虹说道："……你为了他，他配吗？"

管静竹道："我哪是为了他，我是为了我自己，我怎么会傻成这样呢？我觉得我也不是跟他不合适，我跟谁都不合适，我终于想明白了，我根本没有被这个社会接纳过……我无论怎么做都是不合时宜的……"

曹虹恨道："王斌这个王八蛋，我总有一天要亲手杀了他……你为了公司的利益，为了保护公款，为了他家的王豆豆考大学……你看看你累的，还有个人样吗？但凡是个有正常思维的人，怎么忍心把你给赶出来？一个人要自私到什么程度才能干出这种事来！"

曹虹的话，一下子把焦阳心头的火焰点燃起来，管静竹为王斌做的一切他也是看到的，想不到王斌的心肠如此歹毒，那他就可以确信是王斌和王梅一块策划了给歪歪动手术的事件，他们是要歪歪的命，他们这样算计管静竹是他绝对不能原谅的。焦阳想都没想，就把手里的脸盆和衣物放在病房门外的长椅上，他要到大豆王公司找王斌算账。

说来也巧，本来焦阳到大豆王公司是碰不到王斌的，因为王斌刚刚下到生产基地才一天，下面的工作还没来得及开展。但他突然接到一个电话，叫他立刻回总公司参加审计工作，审计局的工作组已经进驻公司了。大豆王公司的工作一直十分正常，生意做得好好的，怎么会招来审计局的工作组呢？王斌派人调查摸底，才知道原来郭宏伟事件并不像他想象的那样已经完结，而是郭宏伟在这段时间里，锲而不舍地给税局写信揭发大豆王偷税漏税的行为，郭宏伟一直是公司的老人，同时又是"自己人"，所以他知道公司不少底细，更知道怎么检举揭发能把审计工作组请到大豆王公司里来。

所以，当焦阳来到大豆王公司的时候，王斌风尘仆仆地进办公室还不到十分钟，在这十分钟里，他也想了许许多多的事，首先他是不敢相信人真的是会遭报应的，而且是"现时报"，管静竹才走几天啊，工作组就进来了，而他本人对公司的账目一点把握都没有，心里一点底也没有。

这么大的公司，肯定是有假账的，也肯定是要避税的，这是一个常识。但是所有的账都做平了没有，王斌并不十分清楚。

接着，他又想，他怎么就稀里糊涂听信了王梅的话？王梅的话怎么能听呢？她自己的生意做得一塌糊涂，几乎到了包赔不赚的程度。这还不说，再说她的个人问题，她找谁不好，找了一个郭宏伟，当时还没结婚的时候，全家都不同意，都觉得这个人不地道，可她发了疯似的非他不嫁，结果还就是这个郭宏伟，给公司惹来多大的乱子，听说现在王梅还跟他有来往，这个王梅是不是没救了？！结果自己还听信了她的话，放弃了那么好用的管静竹，简直就是找死。

更有一件奇事让王斌感到新鲜，那就是他每次跟王豆豆通电话，全部是为了钱的事。王豆豆的手机永远是关机状态，只有他没钱了，才会主动把电话打过来，闲扯的话不会超过三句，就开始说他买了多少书，多少软件，然后就叫王斌寄钱。这一回王豆豆打电话来当然又是要钱，但是在挂电话之前，豆豆突然说了一句：爸爸，你对管阿姨好一点，她跟我妈妈一样，是个好人。

豆豆挂上电话之后，王斌一直举着话筒愣在那里，半天反应不过来，也不清楚豆豆为什么突然说这么一句话。

总之此时此刻，王斌的肠子都悔青了，他拿起电话来就给管静竹拨，他这个人的优点就是脸皮厚，任何在别人看来没有希望的事，只要能牺牲脸皮扭转乾坤，他都是不会在乎的。但是管静竹家的电话没有人接，手机开着，也是没有人接听。

正在他继续拨打电话的时候，办公室的门开了，焦阳出现在他的面前。

王斌放下电话道："焦阳，你来得正好，我给你姐姐打电话就是找不着她人。"

焦阳黑着脸道："你找她干什么？"

王斌笑道："还能干什么，我知道她对我是有感情的，我想跟她谈结婚的事，争取这个月就把事办了。"

他不这样说还好，或许他一副无赖嘴脸还在焦阳的预料之中。但总之听他这么一说，焦阳的满腔怒火不但没有发泄出来，连肺都要气炸了，顿时暴怒道："你还要骗她骗多久？你还有没有一点人性啊?!"

王斌委屈道："这话是从何说起啊？焦阳我告诉你，我们之间肯定有误会，管静竹离开我家并不是我让她走的，我反而是苦苦哀求她不要走……我们其实没有矛盾，无非是在歪歪的问题上有点争执，但也都是为歪歪好啊……"

焦阳恨道："你为歪歪好？你还有脸说?!我问你，我姐对你儿子怎么样？"

王斌道："那当然是没得说。"

焦阳道："那你对歪歪呢？你逼他做手术是什么意思？"

王斌理直气壮道："这还用说吗？我愿意出钱给他做手术，难道是要害他不成？"

焦阳道："你是不是要害他你心里知道，这种手术还没有办法精确定位脑部神经的特定区域，而且有生命危险。就拿这个医院来说，他们就没有做成功过一例，你逼着歪歪在那个医院做手术，你什么意思？"

王斌迟疑了一下道："这一切都是我妹妹安排的，总之我和她都是出于好心。再说管静竹不愿意给儿子做手术那就不做好了，我还是照样可以跟她结婚。"

焦阳一字一句道："你给我离她远一点。"

王斌奇道："为什么？是她让你来这么跟我说的吗？"

"对。"

"不可能。我一定会娶到她的，豆豆说得没错，她是

155

一个好人……"

"我再说一遍,你给我离她远一点。"

"这是我跟她之间的事,你其实也是一个外人。而且我告诉你,我是真心爱你姐姐的,我们之间的矛盾小得像黄豆一样,根本不足为道……"

王斌喋喋不休地说下去,他说得激情澎湃,没有人会不相信他是世界上最无辜的人,同时也是最爱管静竹的男人。焦阳已经听不见王斌在说什么,他的脑海里无数次地闪现出管静竹苍白的脸,乌黑的口唇,空洞而淡漠的眼神……这时他看见王斌的大班台上放着一把裁纸刀,他几乎不知道自己是怎么拿起这把刀来的,并且想都没想,将裁纸刀准确地刺进王斌的喉管。

大概是碰到了颈动脉,鲜血像喷泉一样射了焦阳一脸。

十九

王斌原是一个糙老爷们儿,但也仍有见血即晕的毛病。现在看见自己的鲜血像音乐喷泉般地绽放如花,更是来不及做出反应便一头栽倒在地。

办公室里很安静,只有这一声闷响。不像平常血案发生时总会产生一些混乱场面和殊死搏斗,所以没有任何人闻声闯进办公室来。事情发生之后,这里更加静谧得像皇宫里的后花园,淡绿色的窗帘随风起舞。

焦阳站在王斌的身边,眼睁睁地看着他血尽气绝。

焦阳没有杀人动机,他被关进看守所以后一言不发。

王梅像狂躁型精神病人那样告诉警察,王斌生前有两个仇家,一个是她的前夫郭宏伟,还有一个是同居女友管静竹。

郭宏伟的嫌疑很快就被排除了,因为他根本不认识焦阳,也没有作案时间。全部的疑点都集中在管静竹身上。警察很快查明,焦阳也根本不是管静竹的弟弟,他们的关系说好听一点是可圈可点,说得不好听就是一种暧昧关系,在这方面,每一个成年人都是有想象力的。而且焦阳的身世复杂并且有案底,他仇视社会,心毒手狠是顺理成章的,管静竹买凶杀人选择他就更加顺理成章。

王梅为王斌请了一个最贵的律师,终极目标是让管静竹和焦阳两个人都死。律师说,你不考虑刑事附加民事赔偿吗?王梅斩钉截铁地说,我不缺钱,我要他们两个人的命,我哥死得太惨了,而且他是企业界当之无愧的精英。

管静竹虽然没有被关进看守所,但已被二十四小时监管,完全失去了人身自由。

曹虹给管静竹也请了一个名嘴律师,他表示能做到管静竹这边大限只死一个人。曹虹说,能不能两个人都不死?律师说那不可能,就算王斌比你描述的还要坏一百倍,那也是一条命,何况他们家那边咬得这么紧。

管静竹问律师,买凶和凶手的关系是怎么一回事?

律师说，雇凶的人情节恶劣判刑肯定是从重到轻，凶手是由轻到重，反过来凶手极其残忍，情况就倒过来。管静竹听不懂，问到底谁会判极刑？律师说，通俗地说就是谁担的罪名大谁判极刑。管静竹哦了一声，说那我就明白了。

素来最了解管静竹的就是曹虹，曹虹对管静竹道："你这么问是什么意思？"

管静竹道："没什么意思。"

曹虹道："这回你不要又跟我犯傻，又跟我犯倔，实事求是的道理你总是明白的吧？"

管静竹不说话。

曹虹又道："我是百分之百地相信你跟焦阳的关系比漂白粉还干净，挽救失足青年这种事也只有你管静竹会干。但是同样的道理，你管静竹也是绝对不会买凶杀人的。我说得对不对？"

管静竹道："可是焦阳跟王斌没仇没冤，他是为我出头。"

曹虹道："他当然是为你出头，我也觉得焦阳有情有义，可是那又怎么样？你的确没有让他去杀人啊。"

管静竹道："我确实没这么想过，可是事情已经出了，而且整件事跟焦阳一点关系也没有，如果我当时不答应王斌什么，不搬到他家去住，不对他抱以幻想，哪会发生今天的事？整件事全是我的错，我怎么能叫焦阳代我去死呢？"

曹虹说不通管静竹，就花钱请了一位心理医生来给管静竹做心理辅导，好一点的心理医生都是按小时算钱，心理医生最后花了一周的时间来说服管静竹，不但不起什么作用，反而在曹虹的面前夸奖管静竹的心理素质超好。

见到曹虹日益憔悴的面容，管静竹尚可以反过来安慰她。

"曹虹，别折磨自己了，我真的已经生无可恋。"

"你不要这么平静好不好？你平静得让人害怕你知道不知道？"

"我累了，我想睡了，并且不想再醒来。"

"那也不能死啊，你死了以后歪歪怎么办？"

"这是我唯一要拖累你的一件事，我还是要让葵花把歪歪接到她家里去，现在想起来，她家的人都是好人，只是你要每个月往乡下寄钱，你不用多寄，乡下也没什么花费。曹虹，在这个世界上我只有你这一个亲人和朋友，你就多担待吧。"

曹虹忍不住眼圈红了，道："我答应你。"

这场官司打得昏天黑地，王梅除了找最贵的律师之外，还动用了她全部的社会力量，许多人说，王大豆的案子比他的饲料出名。只是，任何一个业绩显赫的企业，突然失去了领头羊都是一件天塌下来的大事，何况内忧外患，还有审计工作组的进驻，结果查出了一堆问题，被罚税款也是一个天文数字。

大厦将倾，公司里的人一下子走了大半，小丁也不辞而别，偌大的一份家业，说败也就败了。

管静竹承担了全部的罪名，她一审被判处死刑。焦阳是无期徒刑。

王梅不服判决，提起上诉。

她要的是两条人命，焦阳不死，就是逍遥法外。面对眼前的现实，哥哥死了，企业垮了，她是绝对不可能冷静下来的，她单独会见记者，她知道有时候媒体能起到法官起不到的作用。根据她的口述，一篇题为《傍大款傍成杀人犯》的文章出现在报端，副标题是"白领丽人管静竹雇凶杀人案案情始末"，一时间，人们的茶余饭后又有了唏嘘不已的可以谈论的话题。但这一切已经与管静竹没有关系了，它们是另一个故事，一个令王梅和普罗大众坚信不疑的故事。

在等待高院审核的日子里，葵花从四塘赶来接歪歪，她现在已经做了母亲，所以对管静竹的拜托完全理解，尽在不言之中。葵花曾带着歪歪去看守所探视管静竹，歪歪并不明白管静竹为什么要在另一间房子里，与他隔开说话。他微笑地冲母亲点点头，并送给母亲一幅画，葵花解释说是歪歪昨晚连夜画的属于最新的作品。

歪歪的画还是以往的大师风格，整幅画相当抽象，可以不分上下左右怎么挂都合理。这幅画的用色依旧十分大胆，对于视神经仍有猛烈的冲击力。这也是歪歪第一幅有标题的画，管静竹给它取名《风》，因为管静竹感觉到这幅画中所表现的,是在飓风中的三个人影,人影已经完全变形、虚化了,但也正是由于人影变形、虚化的厉害,方能感觉出飓风的魔力。

管静竹始知,读懂儿子,也是一生的事。

在很长的一段时间里,焦阳曾多次央求过余管教,他说他想见一见管静竹,但是余管教说管静竹现在是要犯,不是想见就能见的,他的确是打了报告,但都没有被批准。焦阳跟余管教说,王斌真的不是管静竹叫我杀的。余管教说,你要相信法律是公正的。

有一天,焦阳看报纸,无意间看到婚庆公告栏,是淡粉色的心状形式,上书:冷义,男,二十八岁。尹小穗,女,二十四岁。于某年某月在某地结为夫妻,特此公告。婚姻誓诺是执子之手,白头偕老。朋友祝福是百年好合,早生贵子。冷义为尹小穗点的歌是粥稀稀的《等咱有钱了》。尹小穗没有给冷义点歌。

他们在照片上头挨着头,冷义的脸上洋溢着幸福之感,而尹小穗则深情地看着焦阳。

焦阳的心里并没有明显刺痛的感觉,他所看到的原本就是别人的生活,跟他是毫无关系的,既然没有关系,也就没有痛苦可言。

焦阳最后一次得到管静竹的消息是她给他写的一封信,从邮戳上看,这封信从看守所寄出,又重新回到看守所。

信非常短。

信中写道:"焦阳:我们的相识是那样的不堪,然而我们又难以置信地心灵相通,我爱你爱得太久太久,你还是你。管静竹绝笔。"

他们的确是心意相通的,焦阳心想,对于一个十二岁便经历了灭门惨案的他来说,温情就像暗夜里的火柴,从未真正温暖过他的心。他不见得多么愿意当幸存者,让他一个人孤零零地生活在这个世界上有什么意思呢?但是这一刻,他的内心真的是充满了温暖,他真的相信没有一颗心是不需要这种温暖的。他终于明了人为什么要苦苦追寻这种东西,哪怕是走遍千山万水,哪怕是付出了生命的代价。

更重要的是,他第一次心生悔意,他深知是他害死了管静竹,由于他的凶残,使他们的故事变得如此惨淡。那个他受伤的雨夜再一次血雨腥风般地划过他的脑海,有些时候,相遇不如错过。

人说,爱是废墟中生出的花朵。不知是无望衬托了凄美,还是凄美成全了无望。

这是一个普通的上午,天色灰白,日光之下,并无新事。